大學生的實用寫作書

趙修霈
張書豪　著

臺灣學生書局印行

序

　　還記得大四那年的應用文課程，與其他中文系的專業課程不大相同，少了些文學滋養的成分，卻非常實用，至今仍然受益良多。可惜當年的應用文以書信、公文、自傳為主，除了自傳以外，在 e 化時代來臨後，書信及公文已有了重大的轉變。就連公文在這十多年間歷經了橫式公文、電子公文等改變，更何況整天掛在 FB 上，與人 APP、LINE 的當代大學生，誰還提筆寫信、寫卡片？就連手機簡訊、e-mail 等都快要「out」了，書信報告近況、溝通情感、抒發心情的功能，早已被這些更即時、更快速、更方便的工具所取代了；換言之，書信已經不再「實用」。

　　因此，自從我開始從事大一國文教學以來，就不斷地思考：對當代大學生而言，什麼樣的應用文才夠「實用」？

　　到了 2008 年，我在澳門科技大學教應用中文寫作，使用的是全校共同教材，課綱也是全校統一的，在沒有任何選擇空間的情況下，我教啟事、調查報告、計畫、演講稿、會議紀錄、函、公告、新聞、求職信、市場調查、廣告、

論文等寫作格式。正因如此，才發現：原來在不同領域還有這麼多種「實用」文書，也才開始有了今天這本書的構想。

現今大一國文往往強調「閱讀」與「寫作」兩者並重，但「寫作」如果還是停留在過去中學時期的文章寫作，對很多同學而言早已失去吸引力；因此我嘗試著將古典文學篇章與實用寫作結合，一方面讓「閱讀」與「寫作」兩者是有機的緊密聯結，另一方面讓學生體會古典文學不是落伍的、老掉牙的，不僅可以很「實用」，還可以為「實用」增加文化深度。

因此這本《大學生的實用寫作書》收了五種一般大學生最需要學會或最感興趣的應用文書：

一、現代歌詞創作：現代流行歌詞和文學一樣，只有表達真實情感的歌詞才打動人心、引起共鳴，也才能得到多數人的喜愛，並流傳久遠；文學的創作手法，甚至文學、文化的內涵也會影響現代歌曲創作。很多人認為寫詩很困難，那麼，何不從歌詞開始入手，練習文筆的精煉與描寫的形象化，畢竟歌詞有旋律作為修飾，困難度較詩來得低很多，更適合視文學創作為畏途的學生學習。

二、文字廣告寫作：文字廣告是另一種接近詩的實用文體，不僅在外表上有詩分行的形式，甚至連語言都往往形象化、帶有某種意象，廣告文學化將產生一股特有的藝

術魅力，能為廣告的效果加分。事實上，廣告有商品為對象，以銷售為目的，比起抽象的思想情感更容易掌握、表達。因此，練習文字廣告的寫作，不是為了有朝一日成為廣告文案的創作者，而是利用時常接觸的廣告鍛鍊自己的文字功力。

　　三、新聞文體寫作：除了新聞系、大傳系的學生必須會寫新聞稿，某些科系的學生在某些情況下也需要學會基本的新聞稿寫法，比如說社工系。社工系的學生在關懷社會弱勢族群後，不論是要呼籲大眾重視某種現象、或舉辦關懷活動希望大家參與，都需要將訊息傳播出去，如果不能自己準備好一份簡單的新聞稿，就得麻煩媒體記者們進行採訪報導，甚至偏鄉地方又不是大新聞，未必能吸引人前往。其他系所的學生也有不同的需求，如果懂得寫簡單的新聞稿，提供簡單的新聞訊息，就有機會推廣自己系所的優點長處，為學校、系所、甚至自己加分。

　　四、閱讀回應寫作：從國小至大學，在不同的學習階段，都有機會寫作讀書心得，但大多同學的讀書心得仍然寫得不好，或許與同學無法掌握讀書心得的寫作要領有關，也可能是大家認為自己早已寫過許多次而不再多花心思構想所致。然而，讀書心得與書評都是針對閱讀行為所做的回應寫作，不僅可以敦促同學養成閱讀習慣，又能鞭

策同學在閱讀之餘對書籍內容進行反思、提問、評論，健全個人見解；藉此亦可以訓練學生具備大學生必備的獨立思考能力。

五、讀書報告寫作：大學有許多課程會要求學生寫報告，但到底報告是什麼？只是抄書，或剪貼網路上的資料嗎？由於學生大多無法掌握報告的寫作要領，繳交的報告往往徒具形式及篇幅，毫無自己的意見，因此報告完全失去了它本來應該具備的深度及用意。大學時期所寫的報告，大約可分成兩種：一是讀書報告，另一是專題研究報告，前者多在大一至大三期間，由任課老師指定完成，範圍較小；後者則多在大四畢業前或研究所以後，針對自己專業領域的問題、現象，提出研究方法、設定研究過程，進行科學系統的研究，並由此提出成果。因此，前者是後者的基礎，本書由讀書報告談起，讓大學生學會寫報告，不再將未來的畢業專題或研究論文視為畏途。

以上五種實用寫作文體，都是我在大一國文的課程中，實際操作過的，其間歷經課程的設計、講義的編寫、教材的收集、學生的回饋，以及數次的修訂而成，也請讀者不吝批評指教。

趙修霈序於阿猴城
2013 驚蟄

大學生的實用寫作書

目次

現代歌詞創作

壹、什麼是歌詞？

歌詞寫作，自古以來便存在，《詩・大序》說：「詩者，志之所之也。在心為志，發言為詩。情動於中而形於言，言之不足，故嗟嘆之。嗟嘆之不足，故詠歌之。詠歌之不足，不知手之舞之，足之蹈之也」。可見唱歌跳舞是人的天性，人為了表達心中情感，會自然將情思吟詠出來、歌唱出來。我們耳熟能詳的古典詩詞大多與歌唱相關，如《詩經》中的國風，正如今日所稱的歌謠，採集自民間，配合音樂歌唱；樂府詩不論是放情慷慨之歌、悲傷低吟之吟、委曲動人之曲、或行或謠，開始時皆是可歌的；宋代的詞、元代的曲亦是配樂歌唱。

我們對於創作古典詞，特別會用「填」詞，而不用「作」字，正是著眼於詞必須配合音樂的特色。現代歌詞也往往必須遷就樂曲，多採一個字對一個音的形式，但也有多字對一音或一字對多音的情況，但無論如何都不能差得太

多，否則就不可歌了。至於篇幅、結構也須配合歌曲，無法任情而作、率意而止，所以行數相對較穩定，不似現代詩有極短的，也有很長的；結構則根據歌曲的主歌及副歌設計，安排歌詞段落，副歌旋律的反覆易造成唱歌或聽歌的人易哼易唱的效果，歌詞也必須跟著副歌旋律反覆，變化不能太大，才能讓人琅琅上口，易於傳唱才能夠流行。

貳、歌詞的文學性

時下流行歌曲，有些流於俗濫、有些太過白話口語，而少了對文字精準度的掌握，寫作現代歌曲，宜把握以下幾項原則，使心中情思得以自由抒發，又不至於失去美感韻味；但歌詞畢竟不是純文學、不是詩，寫得太文藝，難以引起共鳴，可能只是孤芳自賞。因此，寫作歌詞者的文字功力不得不講究。

對於初學者而言，或許可以透過以下幾個方面來把握，讓自己的歌詞創作像歌詞，而非過度口語而像是日常講話。

一、押韻

好的歌詞，必須要注意韻腳的使用，押韻的句子愈密，

愈能造成聲音上的共鳴效果，偶有幾句不押韻亦無不可，但至少要有過半數的句子是押韻的，而且最後一句一定要押韻，才有餘音裊裊，不絕於耳的效果。押韻是為了加強語言的音樂性，使歌詞唱起來順口、聽起來悅耳，不過，現代歌詞不必用嚴格使用古典詩詞的韻部，只要用現代語音判斷押韻即可，重點是唱歌的人順口，不必拗折了人的嗓子；聽歌的人悅耳，沒有刺耳不諧調的聲音。

常見的押韻方式有全首歌詞句尾押韻、換韻、韻近、多數句尾押韻等。

1.全首歌詞句尾押韻

每句押韻，造成聲音上的循環反覆，易讓聽眾快速融入歌曲營造的氛圍，具有強烈的感染力。例如：

> 風雨過後不一定有美好的天空
>
> 不是天晴就會有彩虹
>
> 所以你一臉無辜不代表你懵懂。
>
> 不是所有感情都會有始有終
>
> 孤獨盡頭不一定惶恐
>
> 可生命總免不了最初的一陣痛
>
> 但願你的眼睛只看得到笑容
>
> 但願你流下每一滴淚都讓人感動

　　但願你以後每一個夢不會一場**空**

　　天上人間，如果真值得歌**頌**

　　也是因為有你，才會變得鬧哄**哄**

　　天大地大，世界比你想像中朦**朧**

　　我不忍心再欺**哄**，但願你聽得**懂**

　　但願你會**懂**，該何去何**從**

（〈人間〉，林夕作詞、王菲演唱）

整首歌都押「ㄨㄥ【ong】」韻，相當琅琅上口，使聽眾留下熟悉的印象。方言歌曲同樣必須以該語言來押韻，如閩南語歌就以閩南語來押韻，如江蕙演唱的〈家後〉押的是「【ao】」韻，韻腳字有「老、孝、寮、擎、較、曉、條、後、兜、透、要、鬧、到、走、流、聊、投」等。

　2.換韻

　　整首歌曲同韻，是要營造出畫一的聲音表情；但有時在整齊以外，不妨增加一些變化，可讓歌曲更活潑生動。例如：

　　那一**晚**

　　喧鬧的車廂裡頭有種輕輕的呼**喊**

　　還未**滿**

　　認真就輸的念頭抓在手心不肯退**散**

訊息在兩點半傳送後，等待的時間一秒一秒變慢
心太軟
不作表態的心思卻隨咖啡香味瀰漫
青玉案
在闌珊處回首驀然
玉壺隨光轉
愛卻不坦然
唉呀呀呀唉呀呀呀
真的掉進啦
無時無刻都是那麼在意啊
唉呀呀呀唉呀呀呀
這次完蛋啦
煩人的夜晚星星卻如雨下
唉呀呀呀唉呀呀呀
真的掉進啦
到底什麼時間給他打電話
唉呀呀呀唉呀呀呀
這次完蛋啦
在人群的時候總是眾裡尋他

（〈青玉案〉，林理惠作詞、火星熊演唱）

這首歌由「ㄢ【an】」韻換爲「ㄚ【a】」韻，或許是爲了配合旋律而換韻，「ㄚ【a】」韻較「ㄢ【an】」韻更活潑俏皮。又如林俊傑演唱的〈江南〉，全首歌詞押同一韻「ㄢ【an】」，但最後一句改押另一韻「ㄨㄥ【ong】」。在此，最後一句的換韻，同時收到加強收束的效果，成爲整首歌曲的重心所在。

3.韻近

如上所言，現代歌曲不像古典的唐詩、宋詞、元曲那樣嚴格講究平仄格律，因此只要在口語上音韻相近，再配合節奏旋律，同樣能夠收到循環反覆的音樂功效。並且，在用辭遣字上，也因爲韻腳放寬的緣故，可以更加靈活自由，更容易表達作者個人的想法或情緒。例如：

> 還記得那場音樂會的煙火
> 還記得那個涼涼的深秋
> 還記得人潮把你推向了我
> 遊樂園擁擠的正是時候
> 一個夜晚堅持不睡的等候
> 一起泡溫泉奢侈的享受
> 有一次日記裡愚蠢的困惑
> 因為你的微笑幻化成風

你大大的勇敢保護著**我**

我小小的關懷喋喋**不休**

感謝我們一起走了那麼**久**

又再一次回到涼涼深**秋**

給你我的**手**

像溫柔野**獸**

把自由交給草原的遼**闊**

我們小手拉大手一起郊**遊**

今天別想太**多**

你是我的**夢**

像北方的**風**

吹著南方暖洋洋的哀**愁**

我們小手拉大手今天加**油**

向昨天揮揮**手**

（〈大手拉小手〉，陳綺貞作詞、梁靜茹演唱）

整首歌以發音接近的「ㄡ【ou】」、「ㄛ【uo】」押韻，雖然韻腳有變化，但整首歌唱起來並沒有什麼突兀的感覺，反而十分順暢和諧，這就是它利用韻腳韻近而成功的地方。又如謝和弦〈於是長大了以後〉在主旋律部分，以發音接近的「ㄡ【ou】」、「ㄨㄥ、ㄩㄥ【ong】」、「ㄛ

【uo】」押韻；副歌部分轉以閩南語歌唱，轉成押閩南語韻：「【ang】人、夢」、「【am】暗」、「【an】等」、「【ian】定、拼、贏」，亦為韻近。國、臺語兩段韻近結合的形式，則為前面提到的換韻。

4.多數句尾押韻

　　幾乎全首歌詞皆押韻，僅中間幾句不押韻，但也非換韻，這可能是為了兼顧音樂旋律，或者與通篇詞意的完整性、或為了修辭上的考量有關。例如：

　　　　愛人妳是在佗位

　　　　無留著批信

　　　　無留半個字

　　　　啊，愛人無見妳的面

　　　　親像風在透，親像針在偎

　　　　為何堂堂男兒（無路用）心肝全碎（太倔強）

　　　　欺騙著我（著呢熊）

　　　　癡情花啊

　　　　愛人妳是去佗位

　　　　無代念我情

　　　　無代念我意

　　　　啊，愛人想妳的香味

望妳快回頭，轉來阮身邊

為何堂堂男兒（無路用）心肝全**碎**（太倔強）

欺騙著我（著呢熊）

癡情花啊

愛人妳哪這酷**刑**

無采我在撞，心情矓未**清**

啊，我無法度瘋瘋活下**去**

無妳我會空，無妳我會**死**

為何堂堂男兒（無路用）心肝全**碎**（太倔強）

戲弄著我（著呢熊）

憨憨轉啊

（〈樹枝孤鳥〉，伍佰作詞、演唱）

整首歌大都押「【i】」韻，如「位、字、偎、碎、意、味、去、死」及帶鼻音的「信、面、情、邊、刑、清」，基本上主要元音都是一樣的，但「我、啊」則完全沒有押韻；當旋律一再反覆時，【a】韻很能配合增加情緒的激動。而陳奕迅演唱的〈十年〉大都押「ㄡ【ou】」韻，只有「我」字是「ㄛ【uo】」韻，是為韻近。不押韻的「十年之前」、「我不認識你」、「我們還是一樣」幾句，直到「陪在一個陌生人左右」，就文意來說只是一句。或許因為句子過

長，配合音樂的段落，所以呈現出切割成數句的狀況。不過，這樣的切割，並沒有造成零亂破碎的感受，反倒是其中的「我不屬於你，你不屬於我，我們還是一樣」，透過「我」、「你」的排比、重複，以及「你」、「我」的頂真，仍然造成聲音上的反覆，在音樂的襯托下，增添幾許逝去感情的緬懷與惆悵。

　　以上是現代流行歌曲押韻的幾種形態，同學在練習創作時，可單獨使用，或綜合操作，全憑個人的匠心和創意。若能在未配樂的狀況下，即能誦讀出節奏、韻律等音樂感，大致就可以掌握到歌曲押韻的精神。然而，還是有些歌曲韻腳錯落，毫無規則性，單獨唸起來並不好聽，難以感受其韻律感，但配樂演唱後仍十分動人，這往往是歸功於歌手的演唱功力及歌曲旋律的悅耳，如蕭煌奇〈你是我的眼〉，押「ㄢ【an】」、「ㄥ【ong】、ㄡ【ou】」、「ㄠ【ou】」、「ㄞ【ai】」等韻，以「ㄢ【an】」韻為多，但其他各韻隨意穿插其間，對於悅耳的效力不大。但搭配上音樂演唱，有旋律調和，曲對詞就產生了很大的幫助，再加上演唱者的功力，使得原本因不押韻而難以放入感情的歌詞，仍能動人。可是同樣是蕭煌奇的歌〈只能勇敢〉，卻因為歌詞的押韻與音樂旋律諧調，藉由韻腳不斷地重複，形成特定的情緒氣氛，此時再加上歌手深厚的演唱功

力，更加強了歌曲的渲染力。

二、意象

《莊子‧外物》說：「言者所以在意，得意而忘言」，語言文字本來就是為了傳達人的思想而設，若能領會其人之意，語言文字這種工具不用也可，這便是「此時無聲勝有聲」的境界。然而，一般人在溝通彼此思想感情時，往往不是如此心靈相通，因此仍得借助於語言文字的表達。在我們思想一事時，必定先有「意」，亦即人的內在思維、主觀情感；其次通過個人經驗或文化累積，情感觸動，使得腦海中形成一種「象」，用內在的想像、圖象具體詮釋「意」，此所謂「意象」。只是「意象」仍在腦海中，旁人無法領略，必須訴諸語言文字等溝通工具。

可見，由「意」到「言」的過程，具體可感的「象」是十分重要的過程，倘若能夠貼切地表現「意」，又具有美感經驗，將能使未明之「意」更加深刻動人；此外，意象的表達方式（「言」）亦十分重要，若文字語言能力不足，不但無法妥切地表達腦海中的「象」，更使得想傳達的「意」無法令人理解。至於意象的表達（「言」）可以分成兩種情況：直述及象徵。

1.意象的直述

那一晚

喧鬧的車廂裡頭有種輕輕的呼喊

還未滿

認真就輸的念頭抓在手心不肯退散

訊息在兩點半傳送後，等待的時間一秒一秒變慢

心太軟

不作表態的心思卻隨咖啡香味瀰漫

青玉案

在闌珊處回首驀然

玉壺隨光轉

愛卻不坦然

唉呀呀呀唉呀呀呀

真的掉進啦

無時無刻都是那麼在意啊

唉呀呀呀唉呀呀呀

這次完蛋啦

煩人的夜晚星星卻如雨下

唉呀呀呀唉呀呀呀

真的掉進啦

到底什麼時間給他打電話

唉呀呀呀唉呀呀呀

> 這次完蛋啦
>
> 在人群的時候總是眾裡尋他
>
> 　　　　（〈青玉案〉，林理惠作詞、火星熊演唱）

單戀或友達以上、戀人未滿的期盼等待，最讓人時時懸心，這不容易表達的心情，歌詞抓住了幾個畫面來寫：要不要打電話給他、他會不會來、他到底怎麼想……，雖然不是全部，但描繪圖像能直接將讀者或聽眾帶進這種心情內，並喚起共鳴，畢竟這些是很多人共同的愛情記憶片段。

2.意象的象徵

> 如果驕傲沒被現實大海
>
> 冷冷拍下
>
> 又怎會懂得要多努力才走得到遠方
>
> 如果夢想不曾墜落懸崖
>
> 千鈞一髮
>
> 又怎會曉得執著的人擁有隱形翅膀
>
> 　　　　（〈最初的夢想〉，姚若龍作詞、范瑋琪演唱）

不像前者直接描繪等待的模樣，象徵是透過具體的事物或約定俗成的說法，間接表達難以表達的思想、情緒；〈最初的夢想〉利用「隱形的翅膀」說明人被逼到絕境又執著於夢想時，自然產生的一股奮力向上的力量，使得原本沒

有或從未發現的潛能就如同人類的翅膀一樣，這時才被發掘證明。另外，庾澄慶演唱的〈春泥〉中，利用「落紅不是無情物，化作春泥更護花」的概念，以落花象徵痛苦的記憶、原本該感到傷心的往事，而這些過往的痛楚都是成長的代價，就如同落花雖然代表花季結束，應引起感傷的情緒，卻不耽溺於此，反而轉為正面的念頭：花落在泥土中，將成為下個花季繁花盛開的養分。

三、結構寫法

　　雖然歌詞需要配合歌曲音樂，但幾個段落的承接上仍有結構可言：文章的結構常是「起、承、轉、合」，現代歌曲較為自由，結構多變，但在結構中安排層次，才能有對比、有變化、有深淺，因此歌詞的結構仍有其重要性。
1.開頭「破題」

> 如果驕傲沒被現實大海
> 冷冷拍下
> 又怎會懂得要多努力才走得到遠方
> 如果夢想不曾墜落懸崖
> 千鈞一髮
> 又怎會曉得執著的人擁有隱形翅膀

（〈最初的夢想〉，姚若龍作詞、范瑋琪演唱）

這首歌很勵志，尤其開頭直接談到了追求理想的過程中必經的挫折失敗，雖然如此，完全沒有痛苦、沮喪、失意的書寫，反而是以正面樂觀的態度面對，並且陳述了一個再簡單不過的道理：「失敗為成功之母」或「成功屬於堅持到最後的人」。

2.全篇用「直述法」寫作

陳昇〈One Night in Beijing〉雖然配合歌曲分為主歌、副歌，但分別並不明顯，內容也全是用講故事的方式寫作，隨著音樂徐徐鋪陳故事，緩緩道來，帶領聽眾看到一個由古都、舊事、等待等元素交織而成的畫面。

3.開頭運用「聯想法」

如梁靜茹演唱的〈寧夏〉，歌曲中的「寧夏」好像只是個單純的季節，作為故事的時間背景，但其實「寧靜的夏天」給人一種安靜溫暖的氛圍，讓人可以聯想到思念的心情、思念的對象。

4.幾乎全篇運用「聯想法」

春夏交接的當時
蟬聲哀啼響上天
蝴蝶折翅落大水

路邊有斷頭的蜻蜓

下埔雷雨落滿坔

日頭猶原光晴晴

照著南國的都市

照著流浪的男兒

青春青春渡時機

孤船有岸等何時

風雨停了愈空虛

茫茫人生佗位去

想到心內小哀悲

一種澀澀的滋味

東邊吹來雲一朵

催阮不通歇過時

（〈斷腸詩〉，伍佰作詞、演唱）

〈斷腸詩〉寫的是面對人生有大風大雨又轉眼天晴時，產生的領悟，作詞者不直接寫出這種感受，而描繪出一個尋常夏日悶熱午後，蟬聲大作卻又轉瞬間下起大雷雨，落水的蝴蝶、蜻蜓，積水的田邊路面，但轉瞬間又是刺眼的陽光。風雲變幻之迅疾，讓面對亮燦燦陽光的人，不由得生起一種茫然不知何往的心情。

5.對話式結構

　　最常見的對話式結構是男女情歌對唱，但未必一定要如此，如范瑋琪演唱的〈可不可以不勇敢〉都是由同一個人演唱，但開頭（A段）所分兩段，都是爲了引起副歌（B段）眞正心聲的鋪陳；而開頭兩段又略有差異，A1是引述「妳」的話，A2則是自己看著「妳」而興起的感覺，並由此承接入副歌內容。此外，開頭（A段）以「你」作爲說話對象，副歌（B段）改用「我們」，藉著人稱的轉換讓結構清楚分割。

6.循環更迭的結構

　　　　愛人妳是在佗位

　　　　無留著批信

　　　　無留半個字

　　　　啊，愛人無見妳的面

　　　　親像風在透，親像針在偎

　　　　爲何堂堂男兒（無路用）心肝全碎（太倔強）

　　　　欺騙著我（著呢熊）

　　　　癡情花啊

　　　　愛人妳是去佗位

　　　　無代念我情

　　無代念我意

　　啊，愛人想妳的香味

　　望妳快回頭，轉來阮身邊

　　為何堂堂男兒（無路用）心肝全碎（太倔強）

　　欺騙著我（著呢熊）

　　癡情花啊

　　愛人妳哪這酷刑

　　無采我在撞，心情朧未清

　　啊，我無法度瘋瘋活下去

　　無妳我會空，無妳我會死

　　為何堂堂男兒（無路用）心肝全碎（太倔強）

　　戲弄著我（著呢熊）

　　憨憨轉啊

　　　　　　　　（〈樹枝孤鳥〉，伍佰作詞、演唱）

〈樹枝孤鳥〉從開始就進入副歌，副歌共有三段，內容並非簡單重覆，情緒層層強化：從愛人離開的心痛，到思念愛人的深情，最後導出沒有愛人活不下去的激動，結構是一而再、再而三，往上疊加。

7.先敘事後抒情

　　王力宏演唱的〈花田錯〉主旋律，是以 rap 的方式在

敘述故事，到了副歌時，才開始以歌唱的方式，唱出事件中主角的心情。

四、修辭手法

1.轉化

> **當回憶慢慢安靜**
>
> **悲傷越來越輕盈**
>
> 人生難免有一些未曾完成的事情
>
> **有一天夢也老去**
>
> **只剩愛形影不離**
>
> 重來一次我的選擇仍會是你
>
> 不再討好誰的心
>
> 不再刻意去證明
>
> 不再讓欲望淹沒了真心
>
> 我們不曾最美麗
>
> 也不曾奢望奇蹟
>
> 不要太美麗
>
> 要平凡相依
>
> 　　　（〈平凡相依〉，陳韋伶/黃婷作詞、丁噹演唱）

回憶竟然有聲音，彷彿記憶清晰反覆在腦海中喧囂；悲傷

竟然有重量，難過的心情如大石重重壓在心上；所以當回憶變淡就好像安靜下來，不那麼難過了心情也好像輕盈起來。夢想隨著我們的年紀增長，也跟著變老，最後可能也會死亡，唯一能伴隨我們直到生命的盡頭的只有心中的愛了。這些都是將抽象的情感、摸不著的感覺形象化的表現。而歌詞中的轉化，擬人、擬物、形象化皆時常出現。

2. 排比

> 不再討好誰的心
>
> 不再刻意去證明
>
> 不再讓欲望淹沒了真心
>
> 　　　　（〈平凡相依〉，陳韋伶/黃婷作詞、丁噹演唱）

嚴格的排比必須要由三句以上句法結構相似的句子所構成，但現代歌詞的要求不似古典詩文那麼嚴謹，以兩句以上相似結構的句子為多，甚至結構也不必那麼嚴格要求。並且，三句「不再」的堆疊，前兩句字數一致，末句刻意增加幾個字，在整齊中又有一些變化，避免流於呆板的印象。

3. 譬喻

> 愛人妳是在佗位
>
> 無留著批信

無留半個字

啊，愛人無見妳的面

親像風在透，親像針在偎

（〈樹枝孤鳥〉，伍佰作詞、演唱）

譬喻是藉由熟悉的東西，來點出有待說明的事物。通常有待說明的事物，多半是曖昧、戀情等抽象性對象。例子中，「風在透」、「針在偎」不只是點出「見不到愛人」的心情，更進一步表現出冷冽痛苦的情緒。

4.設問

如果驕傲沒被現實大海

冷冷拍下

又怎會懂得要多努力才走得到遠方

如果夢想不曾墜落懸崖

千鈞一髮

又怎會曉得執著的人擁有隱形翅膀

把眼淚種在心上

會開出勇敢的花

可以在疲憊的時光

閉上眼睛聞到一種芬芳

就像好好睡了一夜直到天亮

又能邊走著邊哼著歌用輕快的步伐

沮喪時總會明顯感到孤獨的重量
多渴望懂得的人給些溫暖借個肩膀
很高興一路上我們的默契那麼長
穿過風又繞了彎
心還連著像往常一樣

最初的夢想緊握在手上
最想要去的地方
怎麼能在半路就返航
最初的夢想絕對會到達
實現了真的渴望
才能夠算到過了天堂

（〈最初的夢想〉，姚若龍作詞、范瑋琪演唱）

設問是在敘述事情時只提出問題卻不給答案的一種修辭。〈最初的夢想〉中的「最初的夢想緊握在手上，最想要去的地方，怎麼能在半路就返航？」答案在問題的反面，夢想必須堅持，不能半途而廢，是設問中的「激問」。〈樹枝孤鳥〉中「愛人妳是在佗位？」則確實是一個問題，愛人已經離開，想找回愛人的人心中確實有此疑問，屬於設問法的「疑問」。

5.類疊

還記得那場音樂會的煙火
還記得那個涼涼的深秋
還記得人潮把你推向了我
遊樂園擁擠的正是時候
一個夜晚堅持不睡的等候
一起泡溫泉奢侈的享受
有一次日記裡愚蠢的困惑
因為你的微笑幻化成風
你**大大**的勇敢保護著我
我**小小**的關懷**喋喋**不休
感謝我們一起走了那麼久

又再一次回到**涼涼**深秋
給你我的**手**
像溫柔野獸
把自由交給草原的遼闊
我們小手拉大手一起郊遊
今天別想太多
你是我的夢
像北方的風

> 吹著南方暖洋洋的哀愁
> 我們小手拉大手今天加油
> 向昨天揮揮手
>
> 　　　　（〈大手拉小手〉，陳綺貞作詞、梁靜茹演唱）

同一個詞彙或語句接二連三的重複出現就是類疊。這首歌詞運用類句、疊字、類字，造成聲音的反覆出現，若能進一步配合押韻，就能像這首〈大手拉小手〉，易於哼唱、琅琅上口。

6.誇飾

　　誇飾是為了吸引讀者的注意，在描寫事物時，不使用平鋪直述的語氣，而選擇誇張鋪飾的形容方法。田馥甄演唱〈寂寞寂寞就好〉有一句歌詞描寫因失戀傷心流淚而變瘦，但哭得再難過也不至於掉了幾公升的淚；況且因失戀而消瘦，多半與心情不佳、茶飯不思有關，不至於因為落淚使水份流失而變瘦。

7.頂真

　　頂真是上句的結尾與下句的開頭使用相同的字或詞，這種修辭所營造的美感不在文句上，而在聲音上。如范瑋琪演唱的〈最重要的決定〉，除了句尾押韻外，中間兩句的前一句以「好」結束，隨著拍子拉長，音才剛落，又吐

出「好」作爲下一句的開頭，造成聲音連緜不絕之美。

8.象徵

象徵是將抽象的思想、情感，透過某種具體的意象間接表達，最顯著特點是「含蓄」，具有豐富的多義性和不確定性，可以因寫作者不同而有不同的象徵，也可以因讀者不同而有不同的解釋。吳青峯〈小情歌〉當中提到的「白鴿」、「離騷」、「城堡」等象徵沒有直接表明意思，必須經過一番咀嚼思索，才能領悟象徵的含意。

五、運用古典詩詞

既然追求現代歌詞的文學性，善加運用古典詩詞或各種文學、歷史、文化，融鑄於現代歌詞中，自然可以增強文學性。

1.改寫古典詩詞

瓊瑤〈在水一方〉明顯改寫自《詩經·蒹葭》：

蒹葭蒼蒼，白露爲霜。所謂伊人，在水一方。
溯洄從之，道阻且長。溯游從之，宛在水中央。
蒹葭淒淒，白露未晞。所謂伊人，在水之湄。
溯洄從之，道阻且躋。溯游從之，宛在水中坻。
蒹葭采采，白露未已。所謂伊人，在水之涘。

溯洄從之，道阻且右。溯游從之，宛在水中沚。

（《詩經·蒹葭》）

雖然〈在水一方〉與原作結構不同，但創意概念倒是幾乎與原詩相同，也就是循著原作的想法，做不同形式的重寫；重寫後的歌詞同樣優美動人，但較千年前的《詩經·蒹葭》更通俗、也更能流行。

其實，由於人的心理常有古今相似的狀況，這也是為何許多經典詩詞能夠穿越千古，感動讀者的緣故。因此利用改寫古典詩詞的手法，不但在情緒上容易產生「心有戚戚焉」的認同感；在用字遣辭上，因為幾個關鍵詞的出現，也易喚醒聽眾似曾相識的回憶，加強歌曲的渲染力。

2.引用古典詩詞

紅藕香殘玉簟秋。輕解羅裳，獨上蘭舟。雲中誰寄錦書來？雁字回時，月滿西樓。花自飄零水自流。一種相思，兩處閑愁。**此情無計可消除，才下眉頭，卻上心頭。**

（李清照〈一翦梅〉）

瓊瑤〈卻上心頭〉擷取李清照〈一翦梅〉中的「此情無計可消除，才下眉頭，卻上心頭」，而「一種相思，兩處閑愁」也被改寫為一個人的「幾度相思幾度愁」。

棄我去者，昨日之日不可留。

亂我心者，今日之日多煩憂。

長風萬里送秋雁，對此可以酣高樓。

蓬萊文章建安骨，中間小謝又清發。

俱懷逸興壯思飛，欲上青天攬明月。

抽刀斷水水更流，舉杯銷愁愁更愁。

人生在世不稱意，明朝散髮弄扁舟。

（李白〈宣州謝朓樓餞別校書叔雲〉）

黃安〈新鴛鴦蝴蝶夢〉思想與李白原作大不相同，李白是說明了自己及叔雲俱有壯志，無奈現實困頓，無法擺脫，而黃安著眼於愛情；不過，黃安此作的「昨日像那東流水，離我遠去不可留。今日亂我心，多煩憂」明顯襲用自李白的「棄我去者，昨日之日不可留。亂我心者，今日之日多煩憂」，而「抽刀斷水水更流，舉杯消愁愁更愁」更是完全引用李白原詩，至於「明朝清風四飄流」及「何苦要上青天」又略有李白「明朝散髮弄扁舟」、「欲上青天攬明月」影子。

補充說明，同樣是運用經典名句的熟悉感，「改寫古典詩詞」著重於保留古代作品的原意，只是讓情境、字句符合當代流行的趨勢。至於「引用古典詩詞」，則是在傳

頌已久的名句上加工，推陳出新地賦予作者獨到的創意。
同學若能體會兩者的差異，在創作歌詞的手法上，將會更
加多元。

3.運用傳統元素

　　王力宏〈在梅邊〉借用崑曲《牡丹亭》的內容進行創
作，尤其是這一段與《牡丹亭·尋夢》中〈江兒水〉的曲
文：「偶然間心似繾在梅樹邊。似這等花花草草由人戀，
生生死死隨人願，便酸酸楚楚無人怨。」不論在文字上或
意境上都十分類似。

　　刀馬旦是京劇中「旦」的角色之一，雖是女性卻身懷
武藝，有唱也有打，刀馬旦的基本功有耍花槍、後空翻、
絮馬步；而二胡更是京劇文場（管絃）樂器中基本的伴奏
樂器。李玟演唱的〈刀馬旦〉運用了很多傳統文化的詞彙，
以造成歌詞的古典韻味。

　　周杰倫的〈本草綱目〉則運用中醫、中藥來創作，表
達作詞者希望能寫出擁有自己文化特色的歌詞，而不是受
到西方流行樂曲影響、失去中文之美的流行歌，就像是華
陀用中醫醫治人們：詞中列舉生病所服食的是丹、丸、馬
錢子、決明子、蒼耳子、蓮子、黃藥子、苦豆子、川楝子、
鹿茸、龜苓膏、冬蟲夏草及療傷聖寶雲南白藥。

4.襲用古典詩詞

明月幾時有？把酒問青天。

不知天上宮闕，今夕是何年。

我欲乘風歸去，又恐瓊樓玉宇，高處不勝寒。

起舞弄清影，何似在人間！

轉朱閣，低綺戶，照無眠。

不應有恨，何事長向別時圓？

人有悲歡離合，月有陰晴圓缺，此事古難全。

但願人長久，千里共嬋娟。

（蘇軾〈水調歌頭〉）

鄧麗君類似這樣的作品，至少有十二首，其餘如〈獨上西樓〉（李煜〈相見歡〉）、〈幾多愁〉（李煜〈虞美人〉）、〈芳草無情〉（范仲淹〈蘇幕遮〉）、〈清夜幽幽〉（秦觀〈桃園憶故人〉）、〈有誰知我此時情〉（聶勝瓊〈鷓鴣天〉）、〈胭脂淚〉（李煜〈烏夜啼〉）、〈萬葉千聲〉（歐陽修〈玉樓春〉）、〈人約黃昏後〉（歐陽修〈生查子〉）、〈相看淚眼〉（柳永〈雨霖鈴〉）、〈欲說還休〉（辛棄疾〈醜奴兒〉）、〈思君〉（李之儀〈卜算子〉）；從歌名上乍看似乎不同於原作，其實皆從原作詩句中直接取出，而這類歌詞由於直接襲用、不加改寫，所以不能算是創作，只能說是為舊詞譜新曲罷了。

參、現代歌詞創作的基本要求

一、配合音樂旋律

歌詞畢竟不是用以閱讀的，必須要妥善配合歌曲，尤其是必須配樂演唱，某些字音不適合用於韻腳或曲調停頓處，比如說ㄓ、ㄔ、ㄕ、ㄖ、ㄗ、ㄘ、ㄙ、ㄦ等，總之應以響亮好聽為宜。或者在樂曲高亢、節奏明快處，歌詞內容亦隨之高揚；在樂音悠揚、節奏緩慢處，歌詞內容可較疏緩。

二、主題易於把握

作詞者的思想感情在一首歌的長度內，便要傳達給聽眾，並使人印象深刻，所以在有限的時間中，不宜選擇太多、太複雜的主題，以免無法感動人心；但也不能太過簡單，否則不耐人尋味。

如林俊傑〈曹操〉及底下這首〈亂舞春秋〉，兩首都在談三國歷史，但〈曹操〉以曹操為主，文字簡單，意思淺白易懂，不像〈亂舞春秋〉既有穿越時空，又談到「古今將相在何方，荒塚一堆草沒了」的慨嘆；雖然〈亂舞春秋〉內容豐富，但篇幅太長、距離現代讀者太遠，反而不

如〈曹操〉容易把握。畢竟歌詞是要配上音樂歌唱的，聽眾沒有太多時間能對詞意反覆咀嚼品味，詞意晦澀難懂，就無法引起共鳴。

> 那混亂的年代
> 朝廷太腐敗
> 人禍惹天災
> 東漢王朝在一夕之間崩壞、興衰
> 九州地圖被人們切割成三塊，分開
> 讀三國歷史的興衰
> 想去瞧個明白
> 看看看就馬上回來
> ……
> 曹魏梟雄在
> 蜀漢多人才
> 東吳將士怪
> 七星連環敗
> 諸葛亮的天命不來
> 這些書都有記載
> 不是我在亂掰
> 等到東方魚肚白我再來跟你說嗨

　　嘴裡有刀，說破歌謠。千年恩怨，一筆勾消。

　　生命潦草，我在彎腰，歷史輪迴，轉身忘掉。

　　　　　　（〈亂舞春秋〉，方文山作詞、周杰倫演唱）

三、有結構有韻律

　　雖然現代歌曲非常自由，不押韻或少押韻者屢見不鮮，但歌詞押韻可以幫助聽眾琅琅上口，使歌曲更容易傳唱開來，造成流行。而結構就是歌詞的組織，配合音樂段落，層次清楚分明，各段之間彼此連貫，層層深入，才能在一首歌的時間內，構成一完整意涵。倘若只是單純配合歌曲，結構雜亂，東一句西一句，就算押韻，也不易讓人記住，甚至聽眾易感到不知所云。

單元習作

1. 請取一首流行歌曲重新為之填詞，詞的內容必須運用古典文學文化來創作，並演唱之。

2. 請選擇一首詩詞重新為之譜曲，並演唱。

參考書目

張高評主編：《實用中文講義》，臺北：東大圖書公司，2010年。

方文山：《中國風——歌詞裡的文字遊戲》，臺北：第一人稱傳播事業公司，2008年。

方文山：《青花瓷——隱藏在釉色裡的文字秘密》，臺北：第一人稱傳播事業公司，2008年。

李忠勇、何福瓊著：《歌詞寫作常識》，北京：人民音樂出版社，1978年。

文字廣告寫作

壹、什麼是廣告

　　有人說：廣告就是「廣而告之」，但事實上這個定義是不全面的，如果只是「廣而告之」，就僅具有宣傳性質，而未必能夠有效地誘發消費、說服廣告的閱聽人改變觀念或行為；因此，廣告必須帶有說服性，能讓人在看了之後覺得這個商品是有價值的，並願意去購買它。舉例來說，《水滸傳》第二十二回〈橫海郡柴進留賓　景陽岡武松打虎〉，武松在景陽岡前見到一間酒店，挑著一面招旗在門前，上頭寫著：「三碗不過岡」──這就是酒店賣酒的廣告了，亦即老闆對所有來往旅客說：我的酒有多好、多醇！只要你喝了三碗，你就走不過景陽岡了。因此，「三碗不過岡」並非僅要告知人們「這裡有賣酒」而已，而是要產生誘發消費的效果。如果只是「廣而告之」，掛著一面寫著「酒」字的招旗也就夠了，又如《後漢書‧費長房傳》：「市有老翁賣藥，懸壺于肆頭」，亦即以壺作為藥鋪的標

誌。放在現代社會來看，酒旗或壺便是招牌，具有「廣而告之」的功能，但要能誘發消費、建立品牌，不得不有賴於廣告。

貳、媒體與廣告

　　廣告是透過適當的媒體，來傳達經過充份設計的訊息，使得對象商品的銷售能達到效果及目的。然而，媒體種類眾多，廣告種類亦夥，所包括之文字、圖片、聲音、設計等要素也大不相同，如電視廣告有文字（字幕）、聲音（對白、旁白或配樂）、影像（景色或動作）等；廣播廣告較電視廣告單純些，僅有聲音（對白、旁白或配樂）；公車廣告、捷運車廂廣告則僅有靜態的訊息傳播：文字及圖片；其餘如報紙廣告、傳單廣告、手機簡訊廣告等，多以文字為主。但其實廣告的圖像及文字各有不同的功能，如圖像便於快速記憶，往往能加深訊息接收者的印象；而文字長於轉述，較易引起話題，達到口耳相傳的效果，許多流行語就是從廣告的文字中創生的。因此，若能讓廣告的文字部分同時具有圖像功能，將使文字更生動，打動消費者的效果更好。

　　所以，廣告的文字部分往往是廣告設計者最費盡心思

的部分，必須是將文字的魅力發揮到極致，試圖用最妙不可言、最具感染力、充滿創意的語言，抓住消費者的心理，讓廣告的商品在競爭激烈的商品銷售戰上能佔上風；欲達到這樣的效果，往往得造成一種刻意為之的文學性，知名文化評論人南方朔曾說：文案寫作，介於詩與非詩之間[1]；北京大學陳剛教授也說：廣告活動如果是一種儀式，廣告文案就是神秘的咒語，會觸發廣告效果的能量場，創造品牌與消費者的溝通，然而，咒語雖然是一種語言形式，卻不同於日常語言，這是咒語魅力及魔力的來源，廣告文案同樣需要對語言重新發現及定義，使之不同於日常語言。可見，文字廣告具文學性後，便能產生獨特的藝術魅力，讓廣告的效果加分，為此，文字廣告往往有著「詩」一般的形式及語言；雖然沒有人敢說文字廣告是現代詩，但從現代詩的角度來欣賞及創作充滿文學性的文字廣告，又有何妨。[2]

其實，以詩句形式創作文字廣告並非是現代人的創意，有意利用詩句為廣告的歷史悠久，如元人李德載〈陽

---

[1] 南方朔：〈當文案變成一種文學〉，收入李欣頻：《廣告副作用：藝文篇》之〈舊版他序之一〉，頁 18。

[2] 陳政彥：〈李欣頻誠品文案的文化分析〉，國立交通大學「疆界／將屆：2004 年文化研究學生研討會」
http://www.srcs.nctu.edu.tw/cssc/essays/20-3.pdf。2004 年 12 月 18-19日。

春曲〉：「茶煙一縷輕輕揚，攪動蘭膏四座香。烹煎妙手賽維揚。非是謊，下馬試來嘗！」店家烹煎茶湯的香味不僅隨著熱氣四散，也彷彿隨著這首詩的流傳而香氣四溢，；甚至「非是謊，下馬試來嘗」，與今日店家常用「不好吃免錢」的噱頭相當，可見借詩句為廣告增添銷售的目的及已有意為廣告。至於晚清詩人李靜山為杭州王麻子剪刀店所寫的廣告詩：「刀店傳名本姓王，兩邊更有萬同汪。諸公拭目分明認，頭上三橫看莫慌。」則與現代廣告中，認清某某標誌才是正牌好貨，有著異曲同工之妙。③

　　總而言之，練習寫作廣告的文字部分，必須不依靠聲音、影像、圖片等因素，單純靠著文字的文學之美，吸引目光、引導消費、刺激購物欲、加深印象，因此，廣告的文字部分雖然未必最重要的部分，篇幅可能也不長，但字字珠璣，往往可以收到畫龍點睛的效用。

參、文字廣告的寫作步驟

　　然而，在動筆書寫文字廣告前，我們應先思考幾件事：

---

③　〈李白賣酒杜甫誇瓷蘇軾推銷零食：古代文人的廣告詩〉，
　　http://www.stnn.cc:82/arts/200611/t20061117_395002_1.html。2006 年 11
　　月 17 日。

一是廣告的商品所設定的目標消費族群為何？這個問題對於廣告的成功與否有著決定性的影響，《孫子兵法‧謀攻篇》所謂的「知己知彼，百戰不殆」，商場如戰場，廣告也必須針對消費者的不同，設定不同的訴求方法；如果一個商品沒有先設定它的目標市場，廣告就必須遷就「所有」可能購買的人，廣告內容勢必得討好「所有」族群，如此一來，反而無法引起任何人的興趣，成為失敗的廣告。因此我們在創作廣告之前，首先必須設定目標市場。

其次，根據目標族群的不同，擬定不同的訴求方法，有的族群較適合「曉之以理」，但有的族群吃軟不吃硬，只能「動之以情」；有的善於精打細算，「誘之以利」或許更行得通。因此文字廣告的內文應鎖定目標市場，掌握目標消費者的心理，再擬定不同的訴求方法，並善用文字的魅力，運用文學、藝術、歷史、哲學等多方面的知識，使文字廣告成為一種文學，呈現出具深度的美感。以下有幾種常見的廣告的訴求方法：

一、說服式：這種廣告強調理性，往往以直接的理論內容說服消費者，呈現出一種以理服人的寫作策略，比如說強調實驗數據、援引論文內容或舉出實際例證。通常教育程度高或理解程度強的消費者，不能試圖武斷地左右他們，因為他們十分相信自己的判斷能力，不喜歡別人替自

己做判斷，所以提供能讓他們信服的理論，作爲下決定購買的依據；相反地，對於判斷能力較差的消費者，則適合採取明確指出商品優勢的廣告。總之，同樣訴諸說服式的廣告，仍要視廣告商品所鎖定的目標族群，再思考說服式的文字內容要如何寫。

> 原料是新鮮的，罐頭不用
>
> 乳酪是頂級的，次級不用
>
> 口味是大地的，化學不用
>
> 配方是健康的，油膩不用
>
> 包裝是環保的，堆砌不用
>
> 堅持是麻煩的，
>
> 但堅持過後，擔心
>
> 就不用了。
>
> （日出乳酪蛋糕「我們情願麻煩」）

這則廣告提出商品優勢，但沒有試圖左右消費者選擇的文字或暗示，將判斷、選擇的權力留給消費者自己，使用的文字也不會過於專業、艱澀，因此不論是哪一種程度的消費者，只要是廣告的訴求能打動他的，就會被此則廣告所吸引。

二、抒情式：這種廣告採取溫馨取向，藉著溫軟之語

使人感受溫暖及爭取認同感，當消費者的心防被軟化，有時收到的效果更勝過理性說服。畢竟消費者購買某一商品，不一定都是被它的功能所折服，常常是從感情上對它有好感，因此廣告如果能使消費者產生了感情的共鳴，往往能得到更好的效果。這種廣告往往適用於老品牌的銷售或特定節日的活動上，前者為喚起過去使用的美好經驗與回憶，讓消費者選擇商品時，聯想起曾經擁有的美好時光，因而購買該商品，達到廣告效果；後者為配合節日需求、訴之以情，因此不論實用與否，都會完成購買行為，以下就是針對特定節日所作的活動廣告：

> 愚公把兩座大山移開，他的兒子們從此不必再繞路上學。
> 后羿射日，不忘留一顆太陽給孩子們取暖。
> 佛洛伊德想從孩子的睡姿，猜出他們渴望的生日禮物，所以完成《夢的解析》。
> 為了響應「爸爸回家吃晚飯」，薛西弗斯把石頭擺好，回家過父親節。④
>
> （「除了懷胎十月，他做的不比媽媽少」，
> 百貨公司父親節）

---

④ 李欣頻：《廣告副作用：商業篇》，頁82。

愚公移山出自《列子》一書，常用以鼓勵人們要有恆心、毅力；后羿是中國神話中的神射手，射下了天上的九個太陽；佛洛伊德是奧地利精神分析學家，透過夢進行自我分析；薛西弗斯是希臘神話中一位受懲罰的神：他必須將一塊巨石推上山頂，但到達山頂後巨石又會受地心引力滾回山下，因此他一再重複地做著徒勞無功的任務，使得這個懲罰永無止境。這則廣告利用此四個中西著名的典故勾勒「父親」形象，說明再怎麼家喻戶曉的偉大人物在孩子面前也只是個父親，甚至旁人看起來了不起的成就及事業也只是出自父親對孩子的愛。

　　三、幽默式：這種廣告藉著前後反差而造成讓人會心一笑的效果，這類訴求往往運用雙關的方式寫作，藉由日常生活常用的語彙產生歧義，一方面令人感受到廣告與日常生活的接近，另一方面又得以領略言外之義、弦外之音，產生閱讀上心領神會的滿足微笑。

　　　　迷你裙在豔陽下示威，涼鞋在鞋架上連署完畢，

　　　　泳衣主張解散毛衣，衣櫃要求全面改選，

　　　　有心人士藉著流行的路線之爭，發起品牌的階級革命，

　　　　防曬油則忙著訂定夏季革新時間表。

　　　　價格懸掛布條揭竿起義，Teddy Bear 出來擁抱群眾，

　　　　九九九項新品在西門町前集會遊行，

夏天在五月二十日，推翻了春天的政權。⑤

（「夏天在五月二十日，推翻了春天的政權」）

全文以「推翻政權」的主題比喻夏天到來，春天將被趕走，而所使用的「迷你裙」、「涼鞋」、「泳衣」、「防曬油」等意象都是夏天的表徵，且運用「示威」、「連署」、「解散」、「改選」、「路線之爭」、「階級革命」、「揭竿起義」、「擁抱群眾」、「集會遊行」等與政治活動相關的意象，形象化地表現出夏天趕走春天，成功完成政權交替，但事實上就是尋常可見的季節更迭、夏裝上市、春裝出清的百貨商場活動。

　　四、誘惑式：這種廣告試圖讓消費者認為，使用這個商品將可以獲得某種好處。

　　到了車站，進哪一個月台，就決定了轉運的方向。
　　從板橋，東往台北，西向樹林，北上新莊，南下中和，
　　好像想去哪哩，只要一進火車站，都一定到得了。
　　一九九八年十月，板橋車站，
　　即將正式啟用一座幸福的轉運站：誠品板橋站，
　　全棟十層樓，宛如通往各種心境的大型轉運台，

⑤　李欣頻：《廣告副作用：商業篇》，頁 36。

幾秒鐘之內，在各個月台成功地轉換家的氣氛、爸
爸和女兒的關係、

朋友的交情、情侶的對待、甚至轉變了一個人的運
勢未來……。

你可以發現更多的路徑，心情像身體那樣自由移動，
所有的幸福都可以迅速抵達，跨足可及。⑥

（「板橋車站·擴建一座幸福的轉運站」，

誠品商場板橋店開幕）

每個人都在追尋著自己的幸福，但偏偏現實生活不能盡如
人意，往往美中不足，因此常見到人們藉著各種宗教活動
祈求順利好運；而板橋車站三鐵共構，希望能增加來此轉
運的旅客，因為人潮往往代表著錢潮，旅客就是商場的潛
在顧客。因此此則廣告將板橋車站定位為幸福轉運站，來
往不同月台間就如同轉換心情運氣，所有幸福「跨足可
及」——不是伸手可及，一方面透過每天上下班、上下課
的交通轉乘，就能像走進寺廟、教堂為自己帶來好運；另
一方面也因為來往車站月台必須依靠「走動」，每位選擇
到板橋車站轉乘的旅客能夠藉著「走動」帶自己走向幸福。

---

⑥ 李欣頻：《廣告副作用：藝文篇》，頁84。

可見以幸福轉運站爲板橋車站之意象，是這則廣告誘惑旅客之處。

可見，不同的訴求方法，必須因應商品的性質而定，也將吸引不同的消費者，因此，我們在創作廣告之前，必須設定目標市場，然後擬定訴求方法，才能有效地打動消費者的心。更重要的是不至於鬧笑話，比如說，某廣告寫道：「『網際網路入門課程』，從上網開始學習，探索網路的世界。詳請請見 www.？？？.org.tw」這種廣告所設定的目標族群通常是不懂上網的人們，既然不懂上網，又怎麼懂得如何輸入網址去看詳細的報名說明呢？哪怕文字再吸引人，也將因爲沒有考慮目標族群的心理或實際情況而失敗。

肆、文字廣告的結構

文字廣告的內容可分成幾個項目：標題（前標題、主標題、副標題、標語）、內文及隨文。主標題是廣告的靈魂，對於消費者願意進一步閱讀整個廣告內文與否，具有決定性的影響；通常具有創意、能引起消費者感官興趣的主標題，較能成功吸引人們注意。前標題是引領讀者進入主標題的階梯，副標題則是主標題及內文的橋樑，標語更

重視琅琅上口，皆可視需要增減。

　　廣告的標題寫作有兩個重點：第一，簡潔鮮明，也就是能用最精簡的文字表達出商品的特色，要達到「畫龍點睛」的地步；其次，易讀易記、琅琅上口，巧用各種修辭，使廣告語言生動，更富吸引力。尤其，動腦傳播已經舉辦近二十年的「廣告流行語金句獎」評選，所評選的都是廣告的標語（slogan）部分，足見標語對於廣告的重要性。

　　內文是廣告的主要部分，與標題同樣需要運用各種修辭，改日常語言為文學語言，表現出獨特、個性、創意，吸引消費者目光，建立消費者與商品的連結，最後在消費者消費當下產生了引導消費的力量。因此，內文是文字廣告創意的結晶，標題則是廣告的靈魂所在；內文能使廣告整體有效，標題能讓廣告受人矚目。至於隨文是廣告訊息的補充，將欲告知消費者的相關資訊補充於文字廣告的最末，倘若不需要，也可以不必寫出。

　　由此可知，廣告最重要亦不可或缺的元素，就是主標題及內文，前標題、副標題、標語、隨文皆可視需要增減，相互配合，使文字廣告的創作空間更為彈性。總之，文字廣告的結構可有以下幾種：

　　一、由主標題、內文組成：

一九九八·現代端午考

端午節粽子的精神在微波爐中發揚光大。

一天十幾班的龍舟過站不停，老把屈原留在江中忘了帶上岸。

雄黃酒自從讓白素貞變回蛇形後，許仙決定讓白素貞改喝啤酒。

屈原把離騷放進郵筒中寄給楚懷王，

並貼上郵票，提醒他端午節時務必買束菖蒲好過節……⑦

二、主標題、內文及隨文：

一九九五耶誕&一九九六新年

當財神爺遇見聖誕老公公。

當天使學與年畫再度流行。

當 Merry Christmas 和 Happy New Year 一樣興奮。

當聖誕襪與紅包袋一起豐收。

十一月十八日起，誠品月曆海報卡片展，

在全省六家百貨及誠品，全面收集

男人的祝福、女人的思念、孩子的驚喜和你的期待！

---

⑦ 李欣頻：《廣告副作用：商業篇》，頁70。

隨文雖然是附加的必要資訊，但如果加點設計，讓它與前面的廣告內容語氣風格一致，將更有整體性。

三、主標題、副標題、標語及內文：

新華麗復古風潮

2004 年秋冬，從大遠百開始，吹起新華麗復古風潮

復古，就是最大的奢華！

一年的尾聲，開始想念很多東西。

想念十多年沒見的老朋友，想念轉角那間麵攤的老師傅，

想念在夢裡徘徊不去的老口味，想念風景明信片裡的老街風情。

想念，是時間給我們最美的特權，

復古，是時代給我們最大的奢華。

大遠百新華麗復古風潮，

把過去整個年代最美好的經典，

一次帶回今年的秋冬。

就讓我們披上一件古意的上海棉襖，戴上一頂貝蕾帽，

穿一雙70年代的印花楔形鞋，

在櫥窗前，溫存起所有的榮華富貴。⑧

（大遠百 2004 秋冬）

「新華麗復古風潮」是主標題，「2004 年秋冬，從大遠百開始，吹起新華麗復古風潮」是副標題，「復古，就是最大的奢華！」則是標語，明顯可見副標題是主標題及內容的過渡性文字，標語更進一步將復古及奢華連結起來，說明當年度所流行的華麗復古時尚。

　　四、主標題、副標題、小標題、內文及隨文：

　　既然已經知道文字廣告內的主標題、內文、副標題、隨文分別具備何種功能，底下有個四項皆具的廣告，請分別出主標題、副標題、標語、內文、隨文。

在有味覺的果園書店，為愛人買菜，給自己買書

誠品書店高雄 SOGO 店，2001 年 9 月 5 日新開張，歡迎帶著菜籃來秋收知識！

為愛人買菜，給自己買書。

離開廚房爐火，提著菜籃到書店找新的烹調創意：

---

⑧　李欣頻：《廣告副作用：商業篇》，頁 106。

在詩的牧場，收割一本能聞到野香的《草葉集》。

到文學農莊，採摘一本剛上架的《蕃茄》。

輾轉採集有味道的知識，找幾本合你口味的書。

用營養與卡路里考慮書／果的綜合菜單。

走之前記得帶一本作家寫的食譜，

或是架上有水果名的詩集，

放進盛滿青菜、麵包和書的菜籃裡。

在廚房弄張小躺椅，悠閒地度過火候時間：

讀完泰戈爾的《採果集》，用油醋和橄欖醃的蔬菜應該入味了。

意淫完伊莎貝拉·阿言德的《春膳》，感覺到煙熱，燉牛肉湯就可以起鍋。

逛完一圈彼得·梅爾的《茴香酒店》，聞到微焦香味，蘋果派已經烤好。

作家的靈感是有味道的，能幫你用感情料理三餐，

用唇嘗一杯葡萄酒和消化一整頁的愛情。

誠品書店就在高雄 SOGO 百貨樓下，在最新鮮的超市對面。

讓書本跟著蔬果有季節變化。

你每買一本書，我們就送一顆剛採下來的新鮮檸檬，

讓每本從這裡帶回去的知識，一剖開都有維他命 C
的味道……

九月五日，請帶著你的好胃口

來秋收最新鮮的智慧！

書店全面時令價再打九折·會員八五折

書店裡的假日廚房，用味蕾閱讀·可口的特惠：九月五
日至九月十六日

新開張書展，驚喜不斷：

「味覺書展」有味道的書，一律八折。

「百匯書展」一律二百元特價，任君配食。⑨

（誠品高雄 SOGO 店開幕）

伍、文字廣告的寫作方法

標題及內容要寫得好，必須要善用各種修辭，才能使
文字廣告僅利用文字且篇幅不長，卻能同樣吸引消費者目
光，留下深刻的印象，達到廣告目的。統計廣告內較為常
用的修辭，列舉如下：

---

⑨　李欣頻：《廣告副作用：藝文篇》，頁 96-97。

一、誇飾：將客觀的事物或現象加以放大或縮小，以強化表達的效果。

我每天只睡一個小時，皮膚依然晶瑩剔透。

（SKII）

讓我幾乎忘了它的存在。

（摩黛絲衛生棉）

我的臉好油，油到可以煎蛋了。

（嬌生可伶可俐洗面乳）

二、對比：把相互對立的觀念或事實，放在一起加以比較，藉以增強語氣。

要刮別人的鬍子，先把自己的刮乾淨。

（舒適牌刮鬍刀）

別讓今天的應酬，成為明天的負擔。

（解久益）

不是我褲子舊，是你腦袋不夠新。

（Lee 牛仔褲）

可憐的舊情人，看不到我的新內衣。

（玩美女人）

這是一個生產知識卻不懂得珍存知識、資訊過剩卻是靈魂極饑荒的年代。⑩

（誠品十二週年慶‧網路書店成立）

三、對偶：將字數相同、語法相似、平仄相反的文句，成雙作對地排列。

一人吃，兩人補。

（新寶納多）

不在乎天長地久，只在乎曾經擁有。

（鐵達時錶）

熱熱喝，快快好。

（伏冒熱飲）

捐血一袋，救人一命。

（中華民國捐血運動協會）

肝哪無好，人生是黑白的；肝哪顧好，人生的彩色的。

（329 許榮助寶肝丸）

想念，是時間給我們最美的特權，

---

⑩　李欣頻：《廣告副作用：商業篇》，頁294。

復古，是時代給我們最大的奢華。⑪

（「復古，就是最大的奢華！」，大遠百 2004 秋冬）

四、排比：用三句以上結構相似的語句，來表達相關內容。

什麼都有，什麼都賣，什麼都不奇怪。

（Yahoo!奇摩拍賣）

好太太、好媽媽、好婆婆。

（三支雨傘標友露安）

小而美、小而冷、小而省。

（Panasonic 冷氣）

過期的鳳梨罐頭，不過期的食慾。

過期的底片，不過期的創作慾。

過期的 PLAYBOY，不過期的性慾。

過期的舊書，不過期的求知慾。⑫

（誠品敦南店舊書拍賣會）

女人上桌壓軸，驚豔食慾的寶貝菜，叫做私房菜。

女人秘密壓箱，未雨綢繆的寶貝錢，叫做私房錢。

---

⑪　李欣頻：《廣告副作用：商業篇》，頁 106。

⑫　李欣頻：《廣告副作用：藝文篇》，頁 32。

女人睡前壓枕，取悅自己的寶貝書，叫做私房書。⑬

（「女人私房書」，誠品女人票選好書活動）

　　五、譬喻：這種修辭法建立在兩種事物的共同點或相似點上，並以熟悉的事物去說明想要未知的事物，讓讀者通過彼物類比聯想要描述的此物。

我要長得像大樹一樣高！

（克寧奶粉）

香濃的感覺就像是家裡養了一條牛。

（林鳳營鮮乳）

華碩品質，堅若盤石。

（華碩電腦）

We are family.

（中國信託）

你懷裡的手機，
是我以愛與思念
守護你的精神隨扈。

（第一屆誠品‧臺灣大哥大 My Phone 行動創作獎）

---

⑬　李欣頻：《廣告副作用：藝文篇》，頁 124。

六、呼告：將原本平鋪直述的語氣，改爲對話的方式來呼喊。

　　啊！福氣啦！

（三洋威士比）

Just do it！

（Nike）

　　乎乾啦！

（麒麟啤酒）

Keep Walking.

（Johnny Walker）

七、鑲嵌：在廣告語中插入特定字詞或產品名稱。

　　啥米是青，台灣啤酒尚青！

（台灣啤酒）

　　一家烤肉萬家香。

（萬家香烤肉醬）

　　沒事多喝水，多喝水沒事。

（多喝水礦泉水）

　　百服寧，保護您。

（百服寧）

路是 Escape 走出來的。

（Ford Escape）

對情人忠誠。對流行忠誠。對思想忠誠。對欲望忠誠。⑭

（「關於忠誠與不忠」，天母忠誠店試賣篇）

八、轉化：通常廣告都是利用「擬人」及「形象化」，使商品更加生動。

瑞典 KOSTA BODA 彩色玻璃搬家了。

英國 Wedgwood 骨瓷搬家了。

法國 HEDLARD 咖啡搬家了。

可哥諾可皮件搬家了。

金耳扣大大小小的娃娃也要跟著人一起搬家了。⑮

（誠品敦南店遷館）

以虛心的壺，滾燒百度的熱情，

先沖去茶葉和初見面的青澀，

再加一次熱水，

---

⑭　李欣頻：《廣告副作用：藝文篇》，頁 54。
⑮　李欣頻：《廣告副作用：藝文篇》，頁 36。

讓每位對《講義》的珍貴意見，

如同葉片般舒展開來；

融會一段時間後，

借著嚴格的期許，過濾餘渣和缺失……⑯

（「真情煮沸，茶言觀色」，《講義》雜誌讀者茶敘）

地球的煩惱越多，每到夜晚一不開心，

就越需要一個可以投奔的地方，

依賴久了，就更不能失去月亮。⑰

（誠品商場中秋賞月節特賣）

　　九、引用：視廣告對象的性質，運用古今中外現成的名言佳句，與之作巧妙的聯結，如房子建商可引用杜甫「安得廣廈千萬間，大庇天下寒士俱歡顏，風雨不動安如山。」（〈茅屋爲秋風所破歌〉）既說明了這棟房屋的堅固，也表現出「家」予人的幸福安全感。如茶農或茶莊可引用盧仝「天子須嘗陽羨茶，百草不敢先開花。仁風暗結珠蓓蕾，先春抽出黃金芽。摘鮮焙芳旋封裏，至精至好且不奢。……一碗喉吻潤，二碗破孤悶。三碗搜枯腸，惟有文字五千卷。四碗發輕汗，平生不平事，盡向毛孔散。五碗肌骨清，六

⑯　李欣頻：《廣告副作用：藝文篇》，頁187。
⑰　李欣頻：《廣告副作用：商業篇》，頁90。

碗通仙靈。七碗吃不也，唯覺兩腋習習清風生。」（〈走筆謝孟諫議寄新茶〉）將飲茶的好處說得極透徹，也將新茶的外觀及色香味描寫得細膩動人。廣告引用古人詩詞，能為文字廣告增色，運用得巧妙還能令讀者會心一笑、拍案叫絕，同時亦令人印象深刻。

您多久沒爬山了？

張潮說：文章是案頭的山水，山水是大地的文章；
山，不是死了萬年的標本，而是活了萬年的生命。[18]
（《講義》雜誌登山活動）

當芭比娃娃喊出：We girls can do anything……
當獨立女歌手唱著「姐姐妹妹站起來」。[19]
（台新銀行玫瑰女性信用卡）

羅馬假期、

廣島之戀、

布拉格的春天、

巴黎綠光、

東京愛の物語、

上海之夜、

---

[18] 李欣頻：《廣告副作用：藝文篇》，頁189。
[19] 李欣頻：《廣告副作用：商業篇》，頁247。

魂斷藍橋、

俄羅斯大廈、

哈佛大學 Love Story、

日內瓦之戀、

情定威尼斯……

2 月 14 日，

不分國界的愛的故事，

中興百貨，

與所有情人共渡。⑳

（中興百貨 1993 年情人節文案）

人們常常倒退著過日子：

他們想要擁有更多東西或更多金錢，以便能做更多

想做的事情，好讓自己更快樂。

其實反方向才是對的，你必須先成為真實的自我，

然後做你必須做的事，以便擁有你想擁有的。

——Margaret Young

太多的虛華，讓我們忘了自己是誰，

太多的追逐，已經搞不清楚自己到底要的是什麼。

---

⑳ 曾玉萍：《中興百貨的意識形態：中興百貨廣告作品全集 1988-1999》，
頁 88。

卸下一身的名牌，才發現自己什麼都不是。

炫耀手上五克拉的定情戒，其實心裡想要的是兩人
真心獨處五小時。

一身病痛，踩著名貴的高跟鞋進出冰冷的醫院，
其實想要的是能有一天，赤腳健康地在草原上享受
陽光。

不要再為別人的眼光做牛做馬了，

我們的尊嚴不需要光鮮亮麗的頭銜，

我們的價值不需要巴羅克式的虛華，

轉向內心找到真實的自我，

想清楚自己要的是什麼，

Be Real，then Be Rich。

今年夏秋最豐沛的心靈補給線：反虛華，Be Rich 系
列活動，

請現在就開始為自己預約，

在一場場幸福富足的心靈宴饗裡，

與真實的自己相遇相知的驚喜。㉑

（誠品反虛華‧Be Rich 夏秋心靈補給活動座談）

㉑　李欣頻：《廣告副作用：藝文篇》，頁 152-153。

十、析字：將商品名稱的文字形體加以離合、增損，使人會心一笑、印象深刻。

A：這是一個又又的世界。

只要又又就比較厲害。

……

它又有茶花，又有茶花子，更厲害。

綠茶園又又茶花。

B：卡，是双、双茶花，要講幾次呀！

（綠茶園双茶花）

十一、詩句式：凡利用詩句形式、詩歌語言或詩歌意象，而不直接了當說出商品的特質的，皆屬於詩句式廣告。

真正的流行不是群眾的歇斯底里。㉒

（中興百貨「春裝盛宴篇」）

標準三圍是一個壞名詞。㉓

（中興百貨春裝上市「胖女人篇」）

㉒　曾玉萍：《中興百貨的意識形態：中興百貨廣告作品全集 1988-1999》，頁 186。

㉓　曾玉萍：《中興百貨的意識形態：中興百貨廣告作品全集 1988-1999》，頁 198。

衣服是這個時代最後的美好環境。㉔

　　　　　　　　　（中興百貨「摺衣篇」）

慾望從來沒有不景氣的時候。㉕

　　　　　　　　（中興百貨新裝上市「慾望篇」）

穿上直排輪鞋就是現代哪吒。

旋轉木馬是村上春樹的心靈馬術。

刺青貼紙是高齡嬰兒的新胎記。㉖

　　　　　　　（誠品敦南店週年慶暨兒童館開幕）

點了麵想改吃江浙菜。

咖啡來了，其實想要的是冰桔茶。

裙長為了流行老是朝令夕改。

心情變了，連手紋都轉向。

頭髮長長短短見異思遷。

萬聖節隔著面具可以六親不認。

㉔　曾玉萍：《中興百貨的意識形態：中興百貨廣告作品全集 1988-1999》，頁 202。

㉕　曾玉萍：《中興百貨的意識形態：中興百貨廣告作品全集 1988-1999》，頁 203。

㉖　李欣頻：《廣告副作用：藝文篇》，頁 48。

軍大衣今年改為女性授階。

GUESS 決定不和舊習慣妥協。

鳥走失了，改養一隻 Teddy Bear。

Esprit 說下件衣服會更好。

天母忠誠路上·秋善變·人心思變。

誠品忠誠店，全館秋品隨機應變，

秋意新鮮特賣中。㉗

（誠品忠誠店商場秋特賣）

索羅斯對一件日式長風衣，採取投機性的內線交易。

女會計師和姐妹淘們，對湖綠錦緞外套配淺橄欖色
的長裙交叉持股。

外匯首席交易員趁歐元上市的蜜月期，

加碼買進義大利小牛皮靴作為美麗的強勢貨幣。

法人選中三檔流行黑馬股，趁打折連續三天回補，

個人形象翻空收紅。

政府為了振興經濟景氣，在皮裙低檔時作多護盤，

外資則持續對基本面良好的冬季保濕保養品追加信
心。

盛傳有人對心儀已久的喀什米爾羊毛衫，

㉗　李欣頻：《廣告副作用：商業篇》，頁 86。

以半價之譜違約交割一事，

您可以到全省六家誠品商場去打聽。㉘

（誠品全省商場冬特賣）

ELYSIUMO 以木精召喚失魂的女人。

OPIUM 的海狸香囊，放在古董店毒癮的小藥盒裡。

SONIA RYKIEL 以麝香帶罪的野獸味，誘惑曖昧的戀情。

VAN GOGH 讓那顆使梵谷依戀的太陽繼續燃燒。

嗅覺是無所不能的魔法師，

能送我們穿越數千里，穿過所有往日的目光……

（「找尋關於香味的各種故事」，誠品香水香料書展）

以下幾種還運用了音近或諧音等聲音魔法，讓人更容易琅琅上口。

十二、類疊：把同一個字詞或語句接二連三，反覆地使用：

柔柔亮亮，閃閃動人。

（LUX 洗髮精）

㉘　李欣頻：《廣告副作用：藝文篇》，頁 114。

我不能改變身分證上的年齡，但可以改變看起來的年齡。

（旁氏）

慈母心，豆腐心！

（中華豆腐）

大人送孫中山，我送妳元本山，祝妳美麗如山。

（元本山海苔）

只溶你口，不溶你手。

（m&m 巧克力）

拍誰像誰，誰拍誰誰就得像誰。

（柯尼卡軟片）

不僅乾淨，乾乾淨淨。

（白蘭強效洗衣粉）

沒有感覺，就是最好的感覺。

（嬌爽無感體驗護墊）

三餐老是在外，人人叫我老外。

（波蜜果菜汁）

臨時情人、臨時停車、臨時動議、臨時保姆、臨時

空間……

所有的臨時都有非常時期的非常必要。㉙

　　　（一九九五年誠品敦南店新館臨時賣場）

縱使有越來越多人追逐一夜春宵，我們仍選擇了一輩子居家的愛情。

縱使有越來越多人從婚姻中出走，我們仍選擇了結婚的溫暖信守。㉚

　　　（「買書為聘，以書陪嫁」，誠品六月結婚書展）

準備上學，準備還願，準備變長的夜生活，準備新體溫，

準備新時令菜單，準備新妝扮，準備新花種，

準備一個耐寒的木本情人，

準備好對待別人的新方式……。㉛

　　　　　　　（誠品全省商場秋特賣）

霜白。雪白。

冬天北極狐的白。

川久保玲「沒有存在」的白。

㉙　李欣頻：《廣告副作用：藝文篇》，頁 43。

㉚　李欣頻：《廣告副作用：藝文篇》，頁 136。

㉛　李欣頻：《廣告副作用：商業篇》，頁 89。

奇士勞斯基情迷的白。

波希米亞頹廢的白。

雲的白。輕的白。鳥羽的白。夢境的白。

潔癖的白。不貪污的白。痛恨有顏色暴力的白。

用過防曬油的白。與黑對比的白。

所有光混合的白。極限主義的白。

玉的白。靈性的白。香檳白。大麯茅臺有酒意的白。

簡單的白。勾描不上色的白。五四運動口語化的白。

智慧華髮的白。真相的白。不想有瑕疵的留白。③

（誠品商場一九九八春特賣）

節省卡路里 節省性慾 節省布料 節省氧氣節省 1/2
的價格 節省尼古丁
節省空間 節省影印紙 節省理性 中興百貨'93 夏季
折扣。③

（中興百貨 1993 夏特賣文案）

十三、押韻：兩句以上的語句末字所使用的韻腳相同。

---

③ 李欣頻：《廣告副作用：商業篇》，頁 22。
③ 曾玉萍：《中興百貨的意識形態：中興百貨廣告作品全集 1988-1999》，
頁 92。

Trust me！You can make it！

（媚登峰）

我不認識你，但是我謝謝你！

（中華血液基金會）

什麼都有、什麼都賣，什麼都不奇怪。

（Yahoo!奇摩拍賣）

不在乎天長地久，只在乎曾經擁有。

（鐵達時錶）

鑽石恆久遠，一顆永流傳。

（DeBeers Diamond）

只溶你口，不溶你手。

（m&m 巧克力）

樹頭顧乎在，免驚樹尾做風颱。

（易而善）

萬事皆可達，唯有情無價。

（萬事達卡）

　　十四、雙關：雙關是以一字兼攝兩意，使人讀來能領會言外之意，感到別出心裁的方法；又可分成三種：字義

上的雙關、字音上的雙關、字形上的雙關。其中，在廣告標題上，多採字音上的雙關，即以同音或相似之讀音來表達。

您一輩(e Bay)子買不到的東西，請到 Yahoo!奇摩拍賣。

（Yahoo!奇摩拍賣）

達美樂，打了沒？

（達美樂 pizza）

只（紙）有春風最溫柔。

（春風面紙）

曲線窈窕非夢事。

（菲夢絲）

Pizza Hut, hot 到家。

（必勝客）

The city（citi）never sleeps.

（花旗銀行）

做自己，好自在。

（好自在衛生棉）

在這個月（越）演月（越）烈的中秋節之前，
找一個離家、離星星都近的奔月地方，逃走……㉞

（誠品商場中秋賞月節特賣）

一生一次的一九九七，一年一次的誠品月曆、卡片、海報展，

一九九六年十一月十五日至一九九七年一月五日，全省十家誠品書店全面展開，

請您預購一九九七生活態度，預約史無前曆（例）的典藏價值。㉟

（誠品一九九七誠品月曆·耶卡展）

我們常有很多時候，而且是大部分的時間，只和杯子獨處。

早上漱口的時候，清晨的第一杯咖啡，辦公室的醒腦茶，

下午費太太的果汁，晚上澆愁的酒，失眠時的牛奶……

如果我們沒有一個固定的愛人，沒有固定的口味及作息，

我們應該要有一群自己專屬的杯子，向這個杯（悲）情城市，以示忠貞。㊱

㉞　李欣頻：《廣告副作用：商業篇》，頁 90。
㉟　李欣頻：《廣告副作用：商業篇》，頁 130。

（一家杯店的文案）

用新的創意，請舊神變新裝下凡，

讓畫家、舞者、劇場演員和詩人，

用一整條街的影音與舞的藝術，

辦足一個月的灑淨儀式、祭月醮天、歌舞酬神、

廟會遊街、電子火舞派對……；

街上都是人扮神的威儀招搖，七爺八爺的架勢十足，

幫心情低迷很久的台北人，

搞一個人神共奮（憤）、很 High 的新造神運動。㊲

（「人神共奮！」，台北藝術節文案原版作品）

　　這些技巧無不是期望文字廣告更有文學性，但既然追求文學的典雅之美，在設計文字廣告時，萬不可爲了追求創新，反而在文字廣告內羼入粗鄙下流的雙關語、或對其他品牌的商品進行毀謗名譽的譬喻等。

單元習作

1.請設計一個琅琅上口又易讀易記的主標語。

2.請把以下不起眼的文字廣告改寫成辨識度高、具產品或

㊱　李欣頻：《廣告副作用：商業篇》，頁 162。

㊲　李欣頻：《廣告敗物教》，頁 133。

品牌風格的廣告：

> 這瓶潤膚乳添加了薏仁成分，它的亮白配方對膚色
> 的明亮更快更有效，滋潤配方讓長時間待在冷氣房
> 的上班族少不了它！小小一罐，方便攜帶。

3.請運用古典文學作品的典故，設想一個商品文字廣告。

參考書目

楊中芳：《廣告的心理原理》，臺北：遠流出版事業公司，
　　1990 年。

曾玉萍：《中興百貨的意識形態：中興百貨廣告作品全集
　　1988-1999》，臺北：滾石文化公司，2001 年。

馬西屏：《文字追趕跑跳碰——如何製作漂亮標題》，臺
　　北：三民書局，2007 年。

張高評主編：《實用中文講義》，臺北：東大圖書公司，
　　2010 年。

李欣頻：《廣告副作用：商業篇》，臺北：晶冠出版有限
　　公司，2010 年。

李欣頻：《廣告副作用：藝文篇》，臺北：晶冠出版有限
　　公司，2010 年。

李欣頻：《廣告敗物教》，臺北：新新聞文化事業公司，
　　2001 年。

新聞文體寫作：報導及評論

壹、什麼是新聞？

　　新聞是反映新發生的、重要的、有意義的、能引起廣泛影響或興趣的事實，也是對新近發生或發現的、有社會意義的、能引起廣泛興趣的事實的傳播。因此，一則好的新聞，不會只是資料的陳述，還涉及了媒體如何觀看、認識及判斷一則事件；也就是說，新聞往往代表了媒體告訴人們何事值得關注、何事具有意義。

　　由此可知，新聞具有真實性、思想性、時效性的特點。所謂真實性，即新聞尊重客觀事實，以客觀事實為依據；然而，我們也該知道，新聞既然是經過媒體主觀判斷後的產物，絕對的客觀就不可能存在，因此能夠追求的即為一種相對的客觀。而媒體的選擇、整理、傳播，包含的觀點、態度、傾向即為思想性。至於時效性，指的是新聞發生與報導的時間差愈小愈好。

　　因此，新聞寫作的基本要求有：講求客觀事實，敘述

清楚；重視語言精煉，主題鮮明；注重時間效率，講究新快。其中，最重要的是掌握新聞的 5W1H：Who、Where、When、What、Why、How，掌握新聞的 5W1H，有利於採訪寫作時不遺漏，可以說是新聞事實的清單；另外，亦有利於思路清晰、抓住重點，特別是在新聞報導的導語寫作時。

此外，爲了配合不同的媒體，新聞的字數也有所不同，平面媒體的正規新聞約五百字左右，若是報章雜誌的專題欄位，字數自然多些。

貳、新聞報導的內容

常見的新聞可以簡單分成報導、評論兩種，以下分別說明各項特點及寫作方式。

報導是以最直接、最簡煉的方式報導新聞事實的一種新聞文體，是最經常、最大量運用的新聞體裁；然而，報導也是一種狹義的新聞，因爲它是針對新近發生、有社會意義、並引起公眾興趣的事實而作。

報導具有篇幅短小、直指核心、一事一報、主題清楚鮮明，語言平實、結構平穩，時效性強、傳播速度快的特點；依內容可分爲四種：

一、動態報導：反映國內外新近發生或正在發生的重大事件、活動，或某些行業、領域內的新發現、新情況。

例1

麵包師出身　林正盛將吳寶春故事搬上大銀幕

（中廣新聞網 2011.11.10）

【溫蘭魁報導】

世界冠軍麵包師傅吳寶春奮鬥的歷程感動許多人。曾經也是麵包師傅的導演林正盛感受特別深，計畫把吳寶春的故事搬上大銀幕，兩人拜訪屏東縣長曹啟鴻尋求拍片支援，曹縣長允諾一定會大力支持。

林正盛和吳寶春相差 11 歲，兩人的生命背景卻頗為雷同：林正盛是台東子弟，吳寶出身屏東，都是「庄腳囝仔」，兩人分別在 16 歲、17 歲時當麵包學徒，學習一技之長幫助家計，林正盛做了 13 年的麵包師傅之後轉行投身電影行業，吳寶春則是一路奮鬥拼到世界麵包冠軍，兩人各在不同領域走出一片天。

去年吳寶春出版《柔軟成就不凡》一書後，透過出版社與林正盛結緣，兩人惺惺相惜，吳寶春笑著

說，「電影交給林導演拍，很放心」。

　林正盛與吳寶春等人今天（九日）到屏東縣勘景，隨後再到縣政府拜會縣長曹啟鴻，曹縣長對於吳寶春的故事搬上大銀幕十分高興，認為千載難逢，鼓舞屏東囝仔奮發向上，縣府將會全力支持電影拍攝。林正盛表示，吳寶春的電影故事名稱暫定為「站在世界頂頭」，他計畫籌募 6 千萬元資金拍攝，預定明年 3、4 月開拍，男女主角還在物色中，拍攝期約為 3 個月時間。

　他笑說，這次要拍的是溫馨、有趣的劇情長片，不是紀錄片，因此電影裡不只有吳寶春的奮鬥、專業，還有他的愛情，「有麵包也要有愛情」。①

二、經驗報導：對成功的經驗進行具體的介紹。
例 2

吳良斌父子　交趾陶創霸王別姬

（中國時報 2012.3.12）

【蘇瑋璇／台北報導】

---

① 《中時電子報》，
http://showbiz.chinatimes.com/showbiz/100103/132011111000677.html。
2011 年 11 月 10 日。

　　西楚霸王項羽兵敗垓下，夜聞四面楚歌，虞姬拔劍起舞，含淚自刎，這是京劇《霸王別姬》最扣人心弦的片段。交趾陶藝師吳良斌和兒子吳中翔合作，呈現出這個畫面。吳良斌計畫用交趾陶捏塑一百尊京劇人物，不但代表他與兒子的世代傳承，也讓京劇與交趾陶這兩項傳統藝術擦出火花。

　　六十五歲的吳良斌生於鶯歌老街，五代陶泥相傳，是北台灣知名的交趾陶師傅，作品以人物見長。吳良斌創作超過半世紀，見證台灣陶業興衰。他從小著迷傳統戲曲，近年決心將京劇與交趾陶融合。

　　吳中翔說，他從小看著父親為了維持家計，開車載著手拉坯機，到全台各處「跑單幫」，哪裡有活動就往哪去，這種「街頭藝人」的生活讓他懷疑「我真要走到這一步嗎？」

　　也因此，儘管從鶯歌高職陶藝工程科畢業，吳中翔寧可出外謀職，也不想回鄉接棒。直到近幾年他頓悟到交趾陶恐怕失傳，才決心回家。

　　父子倆將燒製京劇「生、旦、淨、丑」行當各廿五尊。吳中翔負責查閱資料典籍，吳良斌構想人物造型。夏天工作室內如烤爐，冬天如冰窖，從早到晚都見父子埋首苦幹的身影。吳良斌說，交趾陶要

塑形、素燒、上釉等過程,是「看天吃飯」的行業。若天氣過熱,陶土曝曬乾裂,心血付諸流水,燒製火候未準確掌控,作品可能在窯裡爆炸。

目前第一套作品《霸王別姬》已完成,父子倆現正製作第二套《周瑜打黃蓋》及第三套《五虎將》,預計一百尊花一至兩年。吳中翔說,挑戰京劇,任何小細節都要講究,若臉譜用錯顏色、手持武器出錯,就會貽笑大方。

吳良斌經驗老到,粗獷中帶細膩。吳中翔火候未到,但年輕有創意。吳中翔說,他一度以為做陶沒前途,但只要賦予老東西新生命,什麼路都不會走死,趁父親創作能量豐沛之際,拚命學習,「爸爸真是個學不完的寶庫!」②

三、人物報導:人物是報導的中心,但不強調細節,不做過多的描寫渲染,以迅速及時反映新聞人物事跡和精神風貌為主。比如說,華視新聞網 2012 年 4 月 9 日〈對麵粉過敏　吳寶春憋氣做麵包〉,新聞內不必詳細介紹吳寶春及他的麵包,因為大部分的人都已經認識他了,只要針

---

② 《中時電子報》,
http://news.chinatimes.com/reading/110513/112012031200371.html。
2012 年 3 月 12 日。

對他對麵粉嚴重過敏的情況，讀者自然可以由他麵包師傅的身份理解他學做麵包的辛苦及努力過程。③

四、綜合報導：報導內容不僅限於目前情況、動向，也包括人物精神的報導及成功具體經驗的描述，屬於綜合全面的報導。

例 3

徐冰創《地書》：巴別塔被激活了

（中國時報 2012.3.12）

【吳垠慧／台北報導】

中國大陸藝術家徐冰二月在台出版發表《地書》，內容敘述一個男人早上七點被鬧鐘吵醒，開始一天廿四小時的行程。這本書最有趣之處，在於全書沒出現任何一個文字，就連版權頁也由各式各樣的符號「寫」成。「這本書標示當代人『符號化的生活』。」距離上次來到台灣已經十一年，徐冰昨日現身誠品畫廊「徐冰：從《天書》到《地書》」個展。五十七歲的徐冰是最具國際知名度的中國藝術家之一，

---

③ 《華視新聞網》，
http://news.cts.com.tw/cts/life/201204/201204090976505.html。2012 年 4 月 9 日。

曾獲威爾斯國際視覺藝術獎「穆迪獎」，全美版畫協會版畫藝術終生成就獎，二○一○年獲頒哥倫比亞大學人文學榮譽博士。他在北京和紐約設有工作室。

戴著一副哈利·波特般的黑色圓框眼鏡是徐冰的標誌，他外表文氣十足，說話不疾不徐又條理分明，這樣的特質也反映在他對文字學、歷史文化研究的偏好。一九九九年徐冰以拆解中國文字的作品《天書》獲得麥克阿瑟基金會天才獎。

四月份《地書》將在大陸出版，七月底奧運特刊也將連載《地書》內容。徐冰說，他在各機場觀察到大量標識符號，也看到口香糖包裝紙上僅以三個簡單符號，就能充分表達要提醒人們將吃過的口香糖包起來扔進垃圾桶，勾起他以符號敘述複雜事務的興趣。他蒐集、研究不同領域符號，從概念發想到出版花了七、八年。

徐冰說，《地書》使用的符號都是國際常見與慣用的符號，如人的表情符號、生活用品等，他在書中創造出一套新的地球村語言。「讀者識讀這些『文字』的能力不取決於教育程度和知識多寡，而是取決於他介入當代生活的廣度與經驗。」

徐冰說，書中每個符號都經過反覆的視覺試驗，

「描述標準化的白領階級生活，早上起床、上班上網又這樣那樣。全球化讓我們的生活跟著標準化，這是當代生活中有意思和沒意思的部分。」

徐冰表示，《聖經》創世紀故事中，人類興建巴別塔企圖通往天堂，為了阻撓人類的計畫，上帝讓人類說出不同的語言，因此無法溝通導致通天失敗。

「但數位發展讓世界交流變得如此要命，以前各國埋首自身事務，而今全世界一起工作，符號本身也在生長，人們的溝通方式不斷改變，巴別塔有意義地被激活了。」④

參、新聞報導的結構

報導寫作不同於文學創作，因此不用「起、承、轉、合」的結構，但新聞仍有自己的基本格式，以下分別詳述：

一、標題：用簡潔的文字，把報導的內容概括起來，讀者可由標題就大概得出新聞內容，被稱為「新聞的眼睛」。

---

④ 《中時電子報》，
http://news.chinatimes.com/reading/11051306/112012031200369.html。
2012 年 3 月 12 日。

（一）單行式：只有一個標題，是報導內容的高度概括。

（二）多行式：又可分為引題、正標題、副標題等三種，可以三種俱全，也可以只有引題與正標題，或正標題與副標題。

    1.引題：又稱「肩題」、「眉題」，用來交待背景、說明原因、烘托氣氛、揭示意義。

    2.正標題：即「主題」，報導標題的核心，用來揭示新聞中最重要、最吸引讀者的信息。

    3.副標題：又稱「子題」、「副題」，用來補充、注釋、說明、印證主題。

標題的要求，基本上是講究「準確」、「鮮明」、「凝煉」、「生動」等四項要求：「準確」是指準確概括反映新聞事實、準確評價事實、準確運用語言；「鮮明」則是通過對新聞事實的選擇、揭示和評價，表現出來的對事實的態度立場要明確，不能模棱兩可、含糊不清；「凝煉」是簡潔明瞭地傳達出報導的內涵，要剔除浮詞空話，以最少的文字傳達最準確的資訊；「生動」則力求以優美的形式吸引讀者。

二、註明記者姓名及報導地點：如「本報記者○○○高雄報導」、「○○○紐約報導」。

三、導語：以簡練而生動的文字介紹新聞事件中最重

要、最精彩的內容，揭示報導的主題，並引起讀者的閱讀興趣；最適當的長度約在 100 字以內，篇幅短又能表現出重點，即代表導語精簡。

導語依寫作方法的不同，又可分成五種：

(一)摘要式導語：直接扼要地敘述事實，是最基本、最常見的寫法。如前文例 1、2 首段。

(二)描寫式導語：以展示事物形象及事件場景為主要特徵，寫作時應簡潔傳神，避免如一般文學性文章的鋪陳、描寫、雕飾。如蕃薯藤新聞 2012 年 4 月 16 日〈打破規則充滿驚奇　創意咖啡館〉，由於導語要凸顯「驚奇」，所以不僅使用摘要式導語寫法，同時也使用描寫式導語描寫咖啡館內的創意水杯、咖啡杯，讓人感到生動。⑤

(三)評議式導語：對所報導的事實進行評論，揭示其意義。

例 4：描寫式加評議式

不忘本不藏私　　樂於分享光環

（中時電子報 2011.12.30）

---

⑤　《蕃薯藤新聞》，
http://n.yam.com/elta/entertain/201204/20120416929344.html。2012 年 4 月 16 日。

【何榮幸報導】

　　望著窗外長長的排隊人龍，他皺起眉頭，心裡想著如何搭棚為人群遮陽避雨；面對店內顧客的滿意笑容，他鬆了口氣，因為連全天播放的音樂都是自己挑選。這是吳寶春的一天，充滿日本職人「用生命付出」的熱情，他用這種精神拿到了世界麵包冠軍，更用這種精神持續擴大對於台灣社會的影響力。⑥

(四)提問式導語：導語提出一個尖銳而鮮明的問題，引起關注；甚至不一定要明確以問句提問，可提出一個引人深思、值得關注的問題，如下例光華雜誌報導相關職場生態。

例5：

走向優質還是走入歷史？技職教育的關鍵時刻

（台灣光華雜誌 2012.4.10）

【張瓊方報導】

---

⑥　《中時電子報》，
　　http://forums.chinatimes.com/report/100/news-cnt-20111230-4.htm。2011
　　年 12 月 30 日。

「沒人罩，也要有證照！」一句廣告詞鮮明點出
職場重關係、輕能力的生態。但即使有證照，也還
不如出國比賽拿冠軍來得容易揚名立萬。⑦

(五)引述式導語：引用新聞人物精彩而生動的語言來
揭示主題，如前文例 3 首段，是摘要式加引述式
導語。

導語的要求有兩點：一是要抓住事件的核心，須具備
訓練有素的分析能力才能做到；二是要能吸引讀者看下
去，這有賴於寫作技巧。而導語寫作的構思過程，通常是
從作者的自問自答開始的，什麼事情是已經發生的事件中
最重要的？什麼人做的或誰講的？要用什麼類型的導語？
有沒有什麼吸引人的辭彙或生動的形象短語要寫進導語
中？主題是什麼？什麼樣的動詞能最有效地吸引讀者？

四、主體：即為導語之後的各段落，必須對導語進行
解釋、深化、具體化，也要適當地補充新的事實。主體各
段須與導語相呼應，段與段之間的主題也應彼此相關，使
每一段都符合新聞主題，又有各自的基調及主軸，字數最

---

⑦ 《udn 聯合新聞網‧聯合書報攤》，
http://mag.udn.com/mag/newsstand/storypage.jsp?f_ART_ID=382628。
2012 年 4 月 10 日。

好在 150 字左右。寫作應避免平鋪直敘，要用生動形象的描述、靈活多變的手法，因此段落安排極為重要。

如前文例 3，由於大多數人對徐冰是陌生的，所以介紹他的成就、知名度成了報導最重要的部分，最後才談新出版的《地書》內容。

五、結尾：並非每篇報導都有結尾，然而，好的結尾對表現事件的完整性和邏輯的嚴密性有重要作用，也能有效突出、深化主題；可以簡單總結，可以展望未來，也可以補充前文尚未報導的內容，又或者補充情況、介紹知識以進一步解釋主題。

報導寫作，以敘述為主要的表達方式，不用或少用直接的議論和抒情；在敘事上要求宜具體生動，內容必須充實，手法可靈活多樣、富於變化，千萬不能為了要寫得簡明扼要，而寫得太概括、抽象，在大而無當的導語之下，只有「骨」而無血無肉，將令人感到空洞、不知所云，亦無法有效傳達出報導的內容。

在導語、主體、結尾的結構下，根據內容安排，新聞的段落呈現可分為以下五種：

一、倒金字塔式：頭重腳輕、虎頭蛇尾式的結構，把最重要的材料放在篇首，最不重要的放在篇末，從導語至結尾按重要程度遞減的順序來安排材料：重要－次重要－

次要—再次要—補充。這種寫法便於讀者在最短的時間內掌握全篇之精華，便於記者迅速報導新聞，便於編輯選稿、分稿、組版、刪節。如前文例 3〈徐冰創《地書》：巴別塔被激活了〉，就是依重要程度遞減的結構方式；由於大多數人對徐冰感到陌生，所以介紹他的成就及知名度就成了本篇報導最重要之處，其次再談其新書出版及內容，再其次才說明他的創作原因、概念……等。

　　二、編年體結構：又叫時間順序式或金字塔式結構，這種寫作方式與倒金字塔剛好相反，將先發生的放在前面，後發生放在後面；或一開始較平淡，愈往後的段落愈重要、精采，最後則達到全文高潮。這種寫法適合用於故事性強、以情節取勝的新聞，目的在於吸引讀者把全文看完，也唯有將全文看完才能清楚掌握整體新聞。但問題是新聞的閱讀者可能會因前面的平淡而失去耐心慢慢閱讀到最後，因此可以先將要報導的訊息重點寫入導語，並利用懸疑式的寫法，引起閱讀者的興趣，如前文例2。

　　三、場面轉換式：與時間順序式相似，但強調的是場面的轉換，隨著新聞事件發展的時間順序而轉換場面。這種寫法多用於反映參觀、遊覽過程的新聞報導。如大紀元2009 年 2 月 3 日的新聞〈台北奔牛節　107 頭藝術牛登場奔入市〉，為了詳細介紹散布於台北市各角落的藝術牛，

首段以摘要式導語開頭後，以下接採場面轉換的結構方式依序介紹香堤大道的「平安牛」、華山創意文化園區的「武俠牛」、台北 101 大樓 89 樓觀景台的「紅火牛」、香堤大道的「搖滾牛」、故宮前有「青花牛」等。⑧

　　四、並列式結構：導語將多個新聞事實的共性加以概括，然後分別書寫各個新聞事實，這些新聞之間不存在因果、主次關係，重要性也差不多。如講義雜誌〈第八屆講義年度作家　文與圖的幸福饗宴〉介紹四位 2011 年第八屆講義年度作家，報導開頭總述頒獎情況，之後分別介紹「年度最佳漫畫家」季青、「年度最佳旅遊作家」陳維滄、「年度最佳美食作家」吳寶春、「年度最佳插畫作家」NOBU 的得獎理由及創作過程。⑨

　　五、對比式結構：報導的主要層次之間呈現彼此對照的關係，這種結構未必是要藉著對比得出是非曲直的結論，只要把不同的行為或觀念報導出來，結論可由讀者自己做出。

---

⑧　《大紀元新聞》，http://www.epochtimes.com/b5/9/2/3/n2416686.htm。
　　2009 年 2 月 3 日。
⑨　《講義雜誌》第 297 期，2011 年 12 月，頁 34-38。

例 6

李安新戲看不到台中　市府挨批

（中時電子報 2012.4.28）

【盧金足／台中報導】

　　奧斯卡導演李安在台中水湳拍攝《少年 Pi 的奇幻漂流》，首張劇照曝光，昨天卻成為議事堂主角，議員批評只見少年和老虎站在一條船上，即席考問官員看的到行銷台中嗎？新聞局長石靜文表示，李安在國際記者會多次提到在台中拍攝，已達到行銷台中效果。

　　李安新作《少年 Pi 的奇幻漂流》，在美國搶先亮相，議員謝志忠質詢新聞局，中央分兩年補助兩億五千元，台中市政府補助五千萬元，總共三億元補助李安，但第一張劇照只見到「汪洋中的一條船」，看不出是台中，還以為在泰國。

　　議員蔡雅玲說，市府補助五千萬的錢花在那裡？沒有沒花在刀口上？教育局要辦免費營養午餐費不足，何不拿這補助李安拍電影的錢，來讓小朋友安心的吃營養午餐。

　　石靜文表示，《少年 Pi 的奇幻漂流》，在水湳機

場舊機棚拍攝，當李安和拍攝《雨果的冒險》國際
導演馬丁斯科西斯對談時，提到電影在台中市拍
攝，也讓斯科西斯很感興趣，表示有機會想來台中
市拍電影。

「促進城市行銷的效果，不一定要在電影中看到
一座城市的景色或地標」，石靜文說，李安提到在
台中拍片，「無法想像這樣一個水池，拍出來的是
這麼棒的景象」，李安留給台中是無形的文化產
業。⑩

肆、新聞報導的其他注意事項

除了內容和結構外，撰寫新聞稿的遣詞用字亦須注意
以下幾個細節：

一、用字：要用大眾常用的字詞，不要用艱深冷僻的
詞彙；用語必須平實，不要用太強烈武斷、主觀情緒化的
詞語。

---

⑩　《中時電子報》，
　　http://news.chinatimes.com/domestic/11050610/112012042800004.html
　　。2012 年 4 月 28 日。

　　二、日期時間：報導國內事務不用西元紀年；提到時間用「凌晨」、「上午」、「中午」、「下午」、「晚上」來區別，不說「十四時」、「二十三時」等，宜用「下午兩時」、「晚上十一時」；注明「今天」、「明天」等要以見報日期爲準，不用「大後天」、「日前」、「前日」等，應直接寫明日期。

　　三、數字：兩位數爲求明確，要寫「四十五」，而非「四五」；百分比要用「百分之七十九」；在某些特定新聞使用數字有特殊規定，應遵守，如出生率以「千分之○○」爲計算標準，不可自以爲是改爲「百分之○○」。

　　四、職稱及機關：第一次提及某人時，應寫明他的職銜全名，之後才能用簡稱，且以職稱在前、姓名在後的方式書寫，如「行政院院長江宜樺」。機關名稱第一次出現於新聞中，應用全名，除了一般人熟知者才能用簡稱，如「國科會」、「農委會」、「特偵組」等，且不得自創各單位的簡稱，如「大陸委員會」簡稱「陸委會」而非「大委會」、「中央銀行」簡稱「央行」非「中銀」；而不繁瑣的機關名，不宜再簡略，如「法務部」不用「法部」。

伍、新聞評論寫作

　　新聞評論是針對新聞事件、社會現象、政府決策等，運用敘述、描寫、抒情、議論等多種手法，具體生動地反映議題對世界、國家、社會有重大意義、影響，同時也能表現出評論者對議題的分析、判斷、觀點、立場。這種新聞文體的目的主要在引起社會大眾的興趣及思考，因此新聞評論是一種比報導更為詳盡、更為深入、形象地報導人物、事件、問題的新聞體裁；且時效性不似報導那樣嚴格，可以寬鬆一些，但畢竟仍是新聞，還是要講求時效要求。

　　除了新聞評論，我們常見的評論還有針對電影而作的影評、針對書籍而撰的書評、在體育賽事中所做的體育評論等，而新聞評論就是以最新鮮、最熱門的新聞事件作為評論的題材。除了新聞皆須具備的真實、時間要求外，新聞評論另具有三項特點：

　　一、生動性：

　　新聞評論尤其是人物新聞評論具有一定的文學色彩，新聞評論可較多借用文學手段，可以描寫、抒情、對話，也可以用比喻、象徵、擬人等修辭。因此新聞評論在語言和表達方法上都具有一定的文學性，它在報導真實的人和事的過程中，善於再現情景，較易予人生動形象的立體感、

現場感，而非扁平的敘事。

二、完整性：

報導側重寫事，敘述簡明扼要，一般不展開情節。新聞評論可寫人物也可寫事件，材料比報導豐富、全面，內容含量也比報導厚實、充足。新聞評論須相對完整、詳盡、具體地演繹人物的命運，報導事物的經過，充分展開情節，甚至描寫細節和場面。這些既是生動性的表現，同時也是內容完整性、具體化的要求。

三、評論性：

新聞評論須運用夾敘夾議的方法對人或事作出直接的評論。報導是以事實說話，一般不允許記者直接發表議論。新聞評論則要求在報導人物或事件的同時，表露記者的立場與看法。然而新聞評論的評論必須依傍事實作適時的、恰到好處的評價，因此必須時時緊扣人物或事件，這是一種通過描寫、敘述、抒情等表達手段所進行的議論，它的特點是理在情中、理在事中。

新聞評論的種類分法不同，有依形式分的，如社論、專論、讀者投書、政治漫畫等；有依內容分，如政治評論、文化評論、體育評論、教育評論等；或依媒體分類，有報紙新聞評論、廣播新聞評論、電視新聞評論等。其實分類並不重要，基本上從寫作對象來看，就是簡單的兩種，掌

握這兩種的特點，就可以進行新聞評論寫作了。

（一）人物評論：新聞評論的對象以人物為主，或轉變中的人物、或某些有爭議的人物；寫人敘事仍求言真意切、恰如其分，切不可將具先知灼見或引領時代風潮的人物寫成從來沒有過的大智大勇、十全十美。如裴在美〈今年奧斯卡的導演們〉歷數 2012 年奧斯卡入圍五位導演的作品風格及入圍影片述評，其中有簡有繁，如法國導演米歇爾·阿威納維奇（Michel Hazanavicius）及其拍攝的黑白默片《大藝術家》（The Artist）僅有第二段進行深度介紹，這是因為本文重點是首段首句所說的「今年奧斯卡獎入圍的五位導演中，非常湊巧而且不平常的，有四位都是人文根底深厚、極具風格魅力的美國導演。」可見這篇評論以四位美國導演為主要評述對象，因此第三段以後分別各以四段左右的篇幅詳細介紹馬丁·史柯西斯（Martin Scorsese）、伍迪·艾倫（Woody Allen）、泰倫斯·馬力克（Terrence Malick）、亞歷山大·潘恩（Alexander Payne）。⑪每個部分皆有述有

---

⑪ 裴在美：〈今年奧斯卡的導演們〉，《聯合文學》第 329 期（2012 年 3 月），頁 94-97。

評，可以看出評論者對於這些導演過去現在的電影及風格相當熟悉，才能寫出深度、廣度皆備的評論文章。

(二)事件評論：通過較為詳盡地展示典型的、有普遍教育意義的新聞事件的完整過程，雖不著力刻劃人物，但往往通過典型事件表現一群人或一個集體，所以能夠挖掘出事件意義，揭示出問題本質。如《聯合晚報》2012 年 8 月 12 日社論〈體育當然是國力〉，即從 2012 年倫敦奧運期間日韓兩國所爆發的獨島（或竹島）主權爭議出發，說明體育不僅僅是體育，往往代表著國家實力。⑫

總之，新聞評論寫作的結構，和一般評論性文體的基本元素差異不大，講究論點的提出、論據的運用、論證的過程。先就論點來說，作者在新聞評論中提出的觀點及見解，是全篇的核心，作者必須從新聞資料中思考出可供發揮的面向。基本上，論點的獨到、深入與否，決定了一篇新聞評論的優劣。而想要提出一個好的論點，就要靠平時多多觀察、多多思索，來訓練自己對於事件發展的掌握程度。

---

⑫ 《聯合晚報》2012 年 8 月 12 日社論，http://blog.udn.com/geshela/6709830。

　　其次是論據。為了使論點言之成理，必須提供客觀的事實作為論點的根據。其中又包括事實性論據及理論性論據兩種，前者包括事例、數據等，後者則包括定理、名言等。最後則是論證，即運用論據說明論點的過程，以適當的方法說服讀者掌握論據、接受論點。例如論據中的事實性論據，可就該事件、人物本身，提出事例或數據，進而和以往類似的狀況相互比對，以突顯出自己觀察到的論點，這便是非常有效且傑出的論證了。

　　至於新聞評論的結構，則有「標題」、「開頭」、「主體」、「結尾」等部分。「標題」方面，大都採用單行式，直接揭示新聞事實或評論重點。也有採雙標題，主標題曲筆達意，揭示意義、價值，副標題點出寫作的對象與範圍。至於「開頭」部分，重點在於簡單敘述想要評論的新聞事件，讓讀者在一段之中，迅速掌握該事件的要點，不需要像報導的導語那樣概括事實或揭示主題。

　　接下來進入到新聞評論「主體」。如前所述，新聞評論一定是基於獨到的觀點，此即論點的提出；論點的成立有待論據的強而有力，透過論證的過程，使論據得以支持論點的成立。一篇優秀的新聞評論，取決於論點、論據、論證三者的緊密結合。最後再以呼應開頭、總結主體的「結尾」，使全文渾然一體，進而達到深化主題、引人深思的

作用。

單元習作

1. 設想一位你想採訪的對象，以人物報導爲寫作方向，先進行其人相關資料的收集，再擬定提問內容，採訪後寫一篇報導。

2. 國內曾發生許多社會矚目的新聞事件，可能有關於家庭悲劇、社會治安、教育問題，請選擇你感興趣的議題，寫一篇新聞評論。

3. 聽一場演講、看一齣舞台劇、參與一個藝文活動，對此事進行報導。

參考書目

王杰主編：《應用寫作》，北京：機械工業出版社，2007 年。

張高評主編：《實用中文講義》，臺北：東大圖書公司，2010年。

銘傳大學新聞學系：《新聞採訪與寫作》，台北：銘傳大學新聞學系，2010 年。

黃天賜：《新聞評論寫作》，香港：中華書局，2011 年。

閱讀回應文體：心得及書評

壹、什麼是讀書心得、什麼是書評？

閱讀一本書後，心裡因為文本內容而有所觸發、體會，因此，將自己的心得及書中引起想法的情節文字段落，一併寫出，這就是讀書心得；由於心得的來源在所閱讀的書籍上，所以讀書心得不得脫離書本思想內容，必須時時注意心得與書籍的關係。

不過，與其他閱讀經驗分享文體相比，讀書心得實為一種自由的閱讀回應，可以挑選書籍作者的中心思想或核心議題進行思考，也可以針對自己特別欣賞、享受的片段來抒發觀點，更可以與自己的生活經驗、閱讀經驗等進行對話，因此，同樣一本書，不同人來看就會有不同的感想，也會寫出全然不同的讀書心得。可見，讀書心得其實是一種分享個人主觀感受的文體。

書評，顧名思義，指的是對於書籍的批評、評價，可見與讀書心得的自由輕鬆寫法不大相同。由於書評要對書

籍進行批評、評價，寫作者必須對書籍的任何細節都仔細觀察，才能統合所有資料來下筆評論；或者寫作者對於作者的書寫史有著相當的認識，才能掌握此書在作者的眾多作品中的地位；又或者寫作者對於同類型作品的涉獵亦夥，才能清楚了解此書在同類型作品中的地位。

因此，書評的寫作較讀書心得要來得有系統脈絡，更偏重理性的分析評論，對於書籍內容能反思、評論，對於作者創作方法能提出問題、意見，也是一種更有深度的閱讀回應文體。

貳、讀書心得的寫作

讀書心得常見的寫作方式有兩種：一種是固定格式、另一種是散文形式。中學以前，同學大都用固定格式來寫作讀書心得，因為有著統一的要求，作者容易操作，依照各項目逐一書寫；讀者也容易掌握所書寫的書籍及產生的想法。至於散文形式，同學相對比較陌生，這是因為散文形式的自由性比較大，對初學者來說較難把握。以下分別介紹。

一、固定格式：

(一)書籍基本資料：包括書名、作者、出版項、頁數等。

1. 書名：即記錄書籍全名。若是套書中的一本，也應詳細註明，如「《暮光之城》第二集《新月》」。

2. 作者：填寫本書的作者。若是外文翻譯書，除了作者的中文譯名外，最好註明作者外文名及翻譯者姓名，如「作者：史蒂芬妮‧梅爾（Stephenie Meyer）著，瞿秀蕙譯。」另外，若是兩人合著的書，兩人姓名皆須記錄；若是多人的合集，則記錄主編姓名；若是圖文書或繪本，繪圖者也應記下。

3. 出版項：指的是書籍的出版資料，包括了出版縣市、出版社、出版年月、第幾版等。

4. 頁數：全書共有多少頁。比如說《西遊記》，看的是兒童版、青少年版或全套 1788 頁的《西遊記校注》，內容詳略一定大不相同；翻譯的西洋文學經典也同樣會有不同年齡層的譯著，所以標明清楚頁數才能讓讀者掌握你所閱讀的是哪一本書、哪一種書。

(二) 內容大意：介紹書中重要的內容及重點，使讀者了解此書的內容。在小說、傳記一類以敘事為主的書籍，可藉著掌握 4W1H：who（人）、what（事）、when（時）、where（地）、how（故事如何發展）；但如果是詩、科普等書籍就無法完全透過 4W1H 來整理大

意，因此得視書籍的性質而使用適當的方式來介紹書中內容。

(三)閱讀心得：這是整篇讀書心得最重要的部分了，但可惜的是，很多人在這部分卻顯得虎頭蛇尾，「大意」不是大概敘述內容，成了詳述；「心得」則草草用幾句話帶過。這部分必須針對書籍內容，抒發整體感想，或者對書中的情節、論點提出看法及反思。如果想法千頭萬緒、有些抓不住，建議最好先將它們分條列舉出來，接著將這些想法分類、梳理清楚，然後逐項書寫；下筆時，不見得要標示出「一、二、三」來，這些條目可以僅作為寫作時的綱領，分段描述。如果想法集中針對某一點，更適合使用平常寫文章的方式寫作。寫作時，可能會針對文本內的段落、句子予以回應、抒發感想，此時引用部分文句較能幫助讀者理解，但引用不必太長、太多，只需引用少數重要字句即可。

二、散文形式：

乍看之下，散文方式與固定格式最大的不同，即在於散文方式不用標舉條目的格式書寫；但仔細看內容，會發現真正的差異在於散文方式沒有「書籍基本資料」。也就是說，散文的書寫方式將讀書心得當成另一篇散文來寫作，文學性較高，因此，大學以上的學生要寫讀書心得，以散文方式書寫較佳。

　　由於這種寫作方法將讀書心得當成文學創作，所以不少學生覺得這種寫法較具難度；其實，只要能掌握心得的重點，妥善安排文章整體結構，反而會讓人覺得很有深度。和一般寫作相同，文章至少有「開頭、內容、結尾」三部分：「開頭」可以單刀直入地說明所閱讀的書名，也可以將閱讀的背景、理由作一描述，也可以概述內容大意，但更好的寫法是挑選書中最能吸引人注意的內容，或引用書中最能引起你反省思考、最喜歡、最有感觸的一段話，或設計一連串的問題製造讀者的懸念。不論哪一種寫法，都要視書籍性質、心得重點而定，畢竟這是全篇心得的「開頭」，必須要恰如其分地引起下文。

　　「內容」部分並非指的是一段，可用兩段、三段、四段來描述，至於該分多少段，就看有多少心得而定了。除了心得必須寫入「內容」部分外，倘若「開頭」沒有敘述大意，「內容」也必須對概述書籍大意；一段大意、一段心得，大約是最簡略的「內容」寫法了。然而，如果心得要顯得更深刻，就必須適當地以個人生活經驗對文本產生回應，亦即閱讀不僅僅是閱讀，而與閱讀者的生命產生連結；其次，也可以提出自己從書中所得到的常識、知識，或對於書中人物、情節、對話、看法等提出評論或疑問；甚至，對於書籍整體有著審美層次的感受。以上種種皆可

以寫入心得內，條分縷析、層層深入，自然是一篇深刻且用心的讀書心得。

「結尾」部分可以簡單，但不可省略，對前文做個總結是最常見的作法，或傾向於重點歸納、或流於抒發感想；不過，也可以說明透過此書興起了什麼念頭，不論是擬訂下一本要閱讀的書籍，或未來進一步想理解的知識，或如何應用於將來的日常生活等，使人明白閱讀此書竟有如此的影響力，進而對此書產生好奇之心。

以下有一篇讀書心得，以散文方式書寫，結構很清楚地標出開頭（前言）、內容、結尾（結語）部分，可以參考：

一、前言

《靈山》，彷彿是用高行健式的語言，寫一部筆記小說。以中國人特有的興致，及對不可解之奇異的崇敬，訴說一個又一個看似殘叢小語、不相聯貫、沒有干係的傳奇。其中語言的運用十分出神入化，長的、描述性的句子反覆出現，都是罕見於小說文體中的書寫方式，而這樣的句法運用則表現出了高行健對文學載體的顛覆意涵，呼應了全書對於生命意義追尋的反思，透露出了從裡到外的芒刺，毫不隱藏。

　　只是，這些看似不甚關聯的情節個體，卻隱約流動著類似的氣息，是對人性的瞭解？對自我的恐懼？對生命的再思考？不論如何，都只是追求一種對真實的執著吧！而本書也就是這樣一種追求的心靈記錄了。

二、靈山與真實

　　《靈山》以第一人稱與第二人稱交互敘述的方式構築全篇，放棄了往常對人物的性格塑造，在看似零散片斷的情節安排下，「你」、「我」共同顯現了這個心靈之旅。「你」不斷地從一路上的見聞中反思、反問、反省：追尋什麼？靈山在哪裡？「我」也不停地提出精審的見解及思考方向：找尋真實、尋找生活。兩者好像毫不相干，卻又暗中相互呼應。

　　就好比首章的末段，藉著南方小城的人物風情，「你」思考人生不過如此，衣食住行，日復一日，於是燈下反問自己：「你還要找尋什麼？」「我」則在第二章的開頭與結束提出了對於真實的見解：「生活的真實則不等於生活的表象」、「真實只存在於經驗之中，而且得是自身的經驗，然而，那怕是自身的經驗，一經轉述，依然成了故事。真實是

無法論證的，也毋須去論證，讓所謂生活的真實的辯士去辯論就得了，要緊的是生活。」因此，一種隱隱然透露的找尋便有了目的。

明著的是關於靈山的追尋，本書就是在這樣一個目的性下開展的；但底下流動的卻是對於靈魂與生活的真實的渴求與尋覓。然而，靈魂與生活本身並沒有具體的形象，正因如此，這樣的找尋十分容易陷入一種虛無和空泛之中，於是藉著「我」與形形色色的人的交流，透過「我」的眼看向周遭人們，他們的過往與生活，或者說是傳奇，可以具象那麼一些些吧！

但，「生活本身並無邏輯可言，又為什麼要用邏輯來演繹意義？再說，那邏輯又是什麼？」再一次地用這種聰明的不得了的提問法，將方才所依據的傳奇給虛化了，因為傳奇不過是故事罷了，生活的真實不在故事中，只在生活之中。立即地，又失去了具體，似乎進一步地將失去意義，甚至邏輯。

而那個「你」也在尋找靈山的開頭—烏伊小鎮遇著了一個「她」，開始說著一個又一個同樣開頭卻不同結尾的故事，故事的完結怎樣都可以，從哪裡開始再說也都沒有一定。故弄玄虛又有跡可循，

想相信又無從信起，這些故事是真實的嗎？或者其中之一是真的呢？還是都是那個「你」瞎編的？從頭到尾都是一團謎霧，可，在一開始不就告訴了你：「真實只存在於經驗之中，而且得是自身的經驗，然而，那怕是自身的經驗，一經轉述，依然成了故事。」說了，就不真的了呀！

這謎一般的故事，不過就是人生，不過就是歷史。從開頭「那屋子裡堆滿的書籍也壓得我難以喘氣。它們都在講述各種各樣的真實，從歷史的真實到做人的真實，我實在不知道這許多真實有什麼用處」，到「人哭哭喊喊來到這世界上，又大吵大鬧一番才肯離開，倒也符合人的本性」、「歷史總歸是一團迷霧，分明嘹亮的只是畢摩唱誦的聲音」，總算是把生活的真實給形象了些，不過就是哭、喊、吵、鬧，最後再來個唱誦禮拜，活生生的人生，也活生生的歷史。

三、追尋與消解

相對地，「你」和「她」中間沒有那麼多的人物，就只有屬於人的情感，害怕、厭惡、苦痛，及欲望，一如黑呼呼的潮水，湧來又退去。而意象的

潮水與沙灘，恰如人生的表象和真實，沙灘吸附了海水，來潮退盡，剩下來的似乎是沙灘本身，但卻飽含了海潮的痕跡，這便是人生，包括了表象與真實的人生。「適巧地」，「我」見著的儺戲面具，「將人身上的獸性及對自身獸性的恐懼表現得淋漓盡致」，是揭櫫自身肉體和靈魂的具體表徵，人無法除去這副面具，如同無法否認這是自己，可是這即是人，包含了肉體與靈魂的人。

本來，人可以安於這樣的一種總合，一種共生狀態。只要心裡的自我不要覺醒，不要自覺內視。可惜這個「你」和「我」就是無法像大多數的人們一樣，滿足於生活的表象，心安理得，總以為什麼都有著背後的、更多的意味，無法透徹理解，所以拼了命的追尋，想要找尋性靈。「問題是這性靈真要顯示我又能否領悟？既使領悟了又能導致什麼？」行至中段，總算開始反省這段追尋本身的意義。

開頭所說的，「生活的真實則不等於生活的表象」，其實真正該說是，生活的表象不等於生活的真實，或者也可以說，表象不僅不等於真實，甚至無法真切地找到真實。一座廢墟、半塊殘碑，考證

的結果只是邏輯的推衍，並非真正的真實。

那麼，找尋的意義是什麼？或者只是「夜雨下個不停，火苗看著變小，縮成如豆一般，豆花明亮的底端，有那麼一星藍瑩瑩的芽兒，芽兒又伸張開來，豆花就越見收縮，顏色漸次變深，從淺黃到橙紅，突跳在燈蕊上，黑暗越加濃厚，像油脂一樣凝聚，消融了這一顆哆哆嗦嗦暗淡的火光。你離開緊緊貼住你汗水淋淋滾燙的女人熟睡了的軀體，聽雨點打在樹葉上，沙嘎一片，山風在峽谷裡沈吟，發自於杉樹林梢。吊盞油燈的草棚頂上開始滴水，經直落到臉上，你綣縮在看山用巴茅草搭的草棚子裡，聞到了爛草腐敗而又有些香甜的氣味」，這樣一個當下的聲音、光亮、觸感、氣味，交織而成的真實片刻。

進一步來說，人等梅子結果才來摘，或梅子等人來摘才結果，是沒有答案的玄學題目。但人生不必玄妙，只要有風景可看，看看就走，走也就罷了。不必有什麼終極目的，也不必非得尋得靈山。將適才所標定的目的統統一股腦兒消解。

四、結語

　　追尋靈山的結果是一大片亮澄澄的青空、白靄
靄的雪，是沒有絲毫意念與涵義的空白，是彷彿似
懂不懂、近了又遠、虛也真實的自我。正如高行健
寫道：「這一章可讀可不讀，而讀了只好讀了」，
靈山的追尋、靈魂的探索、自我的認識，也都不過
如此，可這般也可那般，可在這一頭也可在那一頭。
真實只在自己心裡，只有自己明白，不必說、也不
可說，彷彿讓人失去言辭，只依稀看見單純的、幾
近空白的澄淨，在眼中、心裡。

　　也是我在燈下，看書、寫字，這個美好的瞬間。

　　而現在我說了、描述了，就已經不是那個我所
保有的真實；你所看的，也不過是「被語言結構篩
下的一點渣汁」。①

參、書評的寫作

　　讀書心得重在讀者的感觸、生活經驗對書本內容的回
應，因此不必講求同類型書籍或作者的相關資料延伸閱
讀，也不常對書本內容以外的東西多所著墨；然而，客觀

---

① 　趙修霈：〈《靈山》中的心靈記錄——真實與顛覆〉，《書評》第 63 期，
　　民國 92 年 4 月，頁 40-43。

理性且有系統的分析是書評設法努力的目標，因此在閱讀的過程，書評者與寫作讀書心得的人在態度上就不盡相同。

簡單來說，從書籍外觀、書籍內文、書籍主文等三個部分來看：

一、外觀

一本書的外觀包含封面、封底、材質等部分，封面是否賞心悅目？與書名或主題是否符合？封底的書本簡介是否過度洩漏內容？推薦者或評論者是否能有效引起購買或閱讀的欲望？材質是否特殊？紙色是否與眾不同？甚至封面、封底、書背的字體、排版等，都可能會影響一本書的第一印象，當然，也可能影響一本書的銷售。

另外，在書籍外觀中，最重要的、最值得注意卻最可能被忽略的部分，就是「書名」。一本書的書名可以說是全書的靈魂，書名取得貼切，能對全書內容有著畫龍點睛的作用；尤其是外文書籍的翻譯，有時直翻就很切題，有時另取一個中文書名會更能讓人明白書的內容，如喬斯坦·賈德（Jostein Gaarder）*The Diagnosis* 的中譯本書名為《賈德的二十堂課》，diagnosis 有診斷、診斷書之意，取自書內其中一篇篇名，但中文書名若直翻為「診斷書」，讀者不易想像此書內容，因此譯者管中琪以書中共有二十篇章，另為中文譯本命名為《賈德的二十堂課》。

二、內文

一本書在進入主文前，可能會有扉頁、書名頁、序、目次等。扉頁通常是以特殊紙質做成，上面最多只加上出版社的標誌，其餘空間多留白；書名頁則以再次提示書名為目的，與封面相比，較為簡潔乾淨，不像封面常放了許多能刺激購買的訊息。而目次包括章節篇卷名稱及頁碼，唯一的要求便是容易理解、容易協助尋找。

序有作者自序及讀者推薦序等不同的分別，有的書兩種皆有，有的書只有其中一種，甚至有的書讀者序不只一篇。讀者序的部分必須針對主文內容而發，有的序重在強調自己與作者的關係，這類序對其他讀者毫無引導閱讀的功能。作者自序則是藉此與讀者拉近距離，談談自己寫作的過程、靈感的來源、創作的立場、書中安排了什麼意想不到的驚奇等，仍不脫此書的範疇。

三、主文

主文除了最重要的文字部分外，還包含了圖片及參考資料。參考資料不是每本書都具備的，但如果有，讀者可以利用這些資料確立下一步閱讀的計畫及清單。圖片又包括插圖跟照片，插圖的風格必須符合書籍性質與主題，如奇幻小說的插圖也需帶些詭魅妖異的氛圍，否則會讓讀者感到不諧調的怪異感；照片則多用於飲食、旅遊、美妝、

瘦身等，仍得視書籍主題而定，照片內容必須與之搭配得宜。

以上種種雖然都是與書籍內容較無直接關係的部分，但這些細節沒有處理得當，容易使讀者感到些許不對勁，而身為書評者，更需要從閱讀文字前，就開始仔細觀察審視。

因此，書評者在進入主文的文字閱讀前，對於此書、作者皆有一定的感受，帶著這些閱讀前的感受開始閱讀文字，便會時時在閱讀時跳出文字，以旁觀的角度檢視作者寫法。然而，隨著深入且長時間的閱讀，這些感受及印象會漸漸模糊，可能無法在結束閱讀時幫助自己下筆寫作書評；因此，書評者應養成做筆記或畫重點的習慣，這是為了要幫助自己記憶在閱讀過程中稍縱即逝的感受，這些感受並非全然主觀，而是透過以上那些與書籍內容較無直接關係的部分作為閱讀前心理準備，及檢視文本內容及作者寫法後產生的想法。經過這樣的過程，書評者的想法才有可能脫離全然主觀，雖然如此，也只是努力使自己保持客觀，沒有所謂的全然客觀可言。

真正開始下筆寫作書評時，可以針對全書內容作評論，如黃雅歆〈花團錦簇的拼盤〉評琦君《琦君小品》：

　　琦君散文最膾炙人口的就是描寫童年時光的懷鄉之作了。……這些圍繞在她身邊的人物……共同造就了琦君散文的溫暖與精采，而自然樸質、溫柔敦厚的風格，也因此成為琦君散文的特質。

　　這樣的特質當然也出現在《琦君小品》裡，不同的是，《琦君小品》不以回憶之作為主，大部分是琦君在臺生活的隨筆，它混合著回憶、雜感、遊記、小小說、詞與讀書心得，所以無以名之，故名曰「小品」。……

　　臺北故事沒有故鄉故事的「傳奇」，……在各式各樣的創作形式中，仍然充滿琦君風格，作者的慈悲寬厚依然是文章基調，……。②

　除了評論書本內容外，書名與內容的關聯性或作者在安排書名時的巧思，也是書評者可以思考著墨之處，如趙修霈〈「成功駿烈，卓乎盛矣」下的煦煦溫情：讀無患子《唐棣之華》〉：

　　作者無患子以《唐棣之華》為書名，一方面固然暗藏著小說中男女主角的身份：「唐」代太平公

---

② 黃雅歆：〈花團錦簇的拼盤〉，收入《在閱讀與書寫之間——評好書300種》（台北：三民書局，2005年2月），頁285。

主及明成祖朱「棣」；另一方面本書〈後記〉引用
了《論語・子罕》中的逸詩：「唐棣之華，偏其反
而，豈不爾思，室是遠而。」說得白話些，即唐棣
樹的花，翩翩翻飛；怎麼不會引我想念你？只因為
家住得太遙遠。但孔子引述逸詩後說：「未之思也，
夫何遠之有。」也就是說此人大概沒有真正思念對
方，否則，哪有什麼遙遠的呢？倘若思念，哪怕相
隔千山萬水也要設法親身相聚。循此脈絡，可知作
者借書名不僅表明了男女主角的身份，也說明本書
內容與愛情有關。

　　為了配合這個情節主軸，作者在小說中將細膩
刻畫性格的帝王們大致上分為兩大類，一是在馬背
上打江山的歷代奠基君王，如唐高祖李淵、唐太宗
李世民、宋太祖趙匡胤、宋太宗趙光義及明成祖朱
棣等；另一類則是養尊處優、風流倜儻或文藝氣息
濃厚的皇帝，如唐玄宗李隆基、南唐後主李煜、宋
徽宗趙佶、明武宗朱厚照、清高宗弘曆等。一般而
言，歷史上多強調前一類帝王的文治武功，後一類
帝王則著重於其才華多情，而本書雖與愛情相關，
卻不似前代小說戲劇以後一類帝王為主角，如唐玄
宗與楊貴妃、南唐後主李煜與大小周后、宋徽宗與

李師師、明武宗正德皇帝與李鳳姐、清高宗乾隆皇與香妃等，畢竟描寫原本就追求風流逸樂的帝王愛情，不脫前人窠臼，不易讓人耳目一新，不如以剛毅果敢甚至有些殘暴好殺的奠基帝王作為主角，說明帝王也是人、也有常人的感情，進而將他們「人」的一面刻畫出來。

除了主角明成祖朱棣外，小說對於唐高祖李淵、唐太宗李世民、宋太祖趙匡胤藏於內心的情感亦有所著墨，作者將李淵描寫為對妻子竇皇后又敬又愛又怕的人；至於趙匡胤雖然從後蜀搶了愛妾花蕊夫人，但對花蕊夫人實是真心真意，死後仍念念不忘，得知她轉世後又回地府，還派人去接她，知道她不願回「皇家聯誼會」竟難過得借酒消愁。而李世民及朱棣在本書中可說是同一類人，同樣殺了親人以承繼父親的皇位，後世歷史學家以其得位不正、屠戮親人而有嚴厲的批評，但在不孝不仁之下，他們也有著脆弱的一面；李世民只敢讓自己青梅竹馬的結髮妻子為自己捏頭、躺在她懷裡安心睡著，因此，本書第十回透過李世民要太平公主為他捏頭，作者感嘆道：

或許是他一輩子虧心事做得不少，也或許是從小青梅竹馬的感情非同尋常，總歸只有她，不只把李世民當成皇帝，還當成她的結髮良人，給他無限包容的愛，李世民則回報以信賴和敬愛。長孫皇后去世後，李世民有一段時日十分暴躁，胡亂發怒殺人⋯⋯

而朱棣的元配徐皇后轉世後回地府，見到太平公主在朱棣身旁便下定決心放棄徐皇后這一世的記憶，因為她發現朱棣現在只有在太平公主面前才「活得最像一個人」；正因為徐皇后曾經見過朱棣最年少單純的模樣，更可以深刻體會「坐上皇帝寶座，掌握至高無上的權力，就得捨棄許多平常人輕易能擁有的事物：夫妻之情、朋友之義、天倫之樂，慢慢變得只能相信自己，成為一個孤獨、多疑、反覆無常的巨人──或者根本已經不是人。」因此在本書第二十五回，作者安排朱棣讓太平公主為他篦頭、掏耳，又讓人回想起第十回李世民所說的那段話，這種信賴是朱棣卸下「帝王」的身分、回到「人」該有的樣子。所以本書雖然分寫李世民及朱棣，但在對於情感的描寫上，卻是為免重複而相互照應的。

　　雖然本書〈後記〉引用了《論語·子罕》中的逸詩：「唐棣之華，偏其反而，豈不爾思，室是遠而。」說明本書與愛情的關聯，但其實書名「唐棣之華」四字也出自《詩經·何彼襛矣》：「何彼襛矣，唐棣之華。曷不肅雝，王姬之車。」說的是周平王的外孫女要嫁到召南，詩人作詩諷刺她美麗卻帶有驕盛之氣。從本書描寫明成祖生前建紫禁城、修《永樂大典》、遣鄭和下西洋、親征漠北等豐功偉業，或由他設東廠錦衣衛、誅十族瓜蔓抄、數百宮女生殉等殘酷殺戮來看，明成祖確實是個功業錦繡但盛氣凌人的「巨人」，但配合本書所安排的情節，讓明成祖回復朱棣「常人」的身分，亦頗符合《詩經·何彼襛矣》之意。③

更可以剖析作者寫法、筆觸等為主要內容，如衣若芬〈靜止的漣漪〉評林文月《京都一年》：

　　這絕非一本旅遊指南，明眼人一看就知道。⋯⋯

③　趙修霈：〈「成功駿烈，卓乎盛矣」下的煦煦溫情：讀無患子《唐棣之華》〉，見《双河彎·愛讀人 2 月認證入選書評》，http://www.2rivers.com.tw/?p=15674，2013 年 2 月 23 日。

　　這是生活在京都，體會過京都的人，才寫得出
的經典之作。作者在記錄或追憶個人在京都的十個
半月的見聞與生活點滴時，是以經營散文的態度謹
慎從之，不至於流於走馬觀花式的雜記或閒談。儘
管全書並非通盤設計過，各篇之間的連貫性也不
一，然而，看似隨手拈來的文章，仍處處透露著認
真與誠懇，抱持著撰寫學術論文一般的嚴謹心情，
審慎落筆。於是，我們讀到散文中清晰的理路，以
及要言不煩的註解。尤其是註解部分，林文月教授
後來也曾經提到為自己的文字作註解之特殊情況，
調侃自己太過嚴肅……

雖然本文並未直接涉及書籍內容，卻透過作者寫法的分
析，對此書有著比介紹書籍更深一層的體會與認識。
　　對於全書結構線索也可以進行指導閱讀，如趙修霈〈人
間難得幾回聞：讀無患子《幾希復幾希》〉：

　　　　《幾希復幾希》一書內包含兩則短篇小說，皆
發生於「地府皇家聯誼會」內，第一篇小說〈幾希
復幾希〉，主要是透過剛入「地府皇家聯誼會」，
且畢生風流、風雅的乾隆之眼，介紹皇家聯誼會的
藝文活動「王羲之真跡展」；第二篇小說名為〈永

遇樂〉，則是乾隆投胎至西洋做了三十年的花花公子又回到地府後，皇家聯誼會為劉備舉辦歡迎典禮的五齣表演節目。

首先，小說〈幾希復幾希〉之名便值得深思，「幾希」是很少之意，《孟子·離婁下》：「人之所以異於禽獸者幾希，庶民去之，君子存之。」因此〈幾希復幾希〉取「少之又少」之意，符合小說內容：清高宗乾隆生前寶愛王羲之《快雪時晴帖》，「曾幾何時，養心殿裡、三希堂中，他揣摩著《快雪時晴》的酣暢，手持狼毫一次又一次題記」；乾隆死後至地府皇家聯誼會，正好遇上唐太宗辦「王羲之真跡展」，竟然得見被唐太宗帶入昭陵殉葬的王羲之真跡，此機會「幾希」，乾隆生前求之不得的境遇竟在地府美夢成真。

此外，既然乾隆生前書房名為「三希堂」，意即王羲之《快雪時晴帖》、王獻之《中秋帖》、王珣《伯遠帖》為三件「稀」世珍寶，而〈幾希復幾希〉透過唐太宗辦「王羲之真跡展」，引出宋太宗、明成祖、清高宗（乾隆）等歷代帝王，也帶出以書畫名世的宋徽宗、褚遂良、蔡京、董其昌等人。唐太宗密藏王羲之真跡、並殉葬於昭陵，由他來主辦

「王羲之真跡展」，的確再適合也不過，參與的書畫名家，不論或臨或摹王羲之書法，或自行撰寫，對於一輩子收藏賞玩歷代墨寶的乾隆而言，〈幾希復幾希〉之名也有「多少稀世珍寶又多少稀世珍寶」的讚嘆之意。

　　本書的第二則短篇小說為〈永遇樂〉，宋詞有以〈永遇樂〉為名的詞牌，但小說以〈永遇樂〉為題，應著眼於君臣遇合之樂，講述劉備生前並非大一統帝國的帝王，死後只能進入地府的「王侯將相俱樂部」，但關羽封神後，仍一心為義兄劉備著想，於是出錢讓劉邦打點地府「皇家聯誼會」，讓大家接納劉備入會；而皇家聯誼會為了歡迎劉備加入，安排了一個盛大的典禮，漢、唐、宋、明、清各朝也為了現實利益或氣勢不願輸人，皆準備了表演節目，許多忠臣、奸宦、文臣、武將都受君王借調差遣，出錢、出力、捧人場。不論是劉、關、張的結義之情，或歷代臣子為君王「死而不已」的鞠躬盡瘁之心，無不表現出永遠不變的知遇之樂，正如小說的最後，作者透過馮夢龍點明題旨：

聯誼會來來去去死死生生成千上百年，似是變化莫測，但有些東西——就如桃園結義的手足之情——既已縈繫在心，你今日看它、明日看它、一千年後再看它，卻怎麼也不會變啊！

至於「幾希復幾希」復為全書書名，統攝兩篇，或者有取其中一篇篇名逕為書名的便宜之處，但綜觀全書，不論是讓歷代書法名家共襄盛舉，或歷朝帝王將相粉墨登場，實是稀罕已極之事；甚至〈永遇樂〉典禮表演場所「明熹殿」都帶有諧音的趣味：是「冥稀」，也是「名稀」，後者點出以「稀」為名，符合全書書名，前者又說明了要聚集這些人共同參與這些事，就算在冥府地獄都不常見，實屬難得之事。既然兩篇小說所述之事皆難得一見，前者少見，後者亦少見，合而稱之豈非「幾希復幾希」？

再者，全書若從畢生風流、風雅的乾隆皇帝來看，同樣可以展現一完整樣貌，在第一篇〈幾希復幾希〉中，重在強調他愛好文學藝術的風雅神采，至第二篇〈永遇樂〉，則突顯乾隆喜愛女色的風流情趣，既有所偏重，又互有提及。

　　如〈幾希復幾希〉中，乾隆看見布告欄上褚遂良所寫的、「隨便黏在牆上的平凡布告」，卻引得他「驚叫」、「目不轉睛」、「垂涎三尺」，最後引起邪念「絞盡腦汁考慮該怎麼撕，才能把布告完美無暇地據為己有」，甚至撕下布告後，先奔回房內「將箋紙壓箱底藏好」。這段十分傳神地描寫出乾隆對於褚遂良書法的喜愛，也同時夾雜了輕描淡寫的兩事：一是乾隆被褚遂良的真跡吸引，因而「忽視幾張姬妾分會貼出，言詞曖昧的小廣告」，可見此處風雅更勝風流之意；二是透過乾隆「對自己的鑑定能力不太有信心」，諷刺其雅好文藝卻沒有鑑賞能力。

　　〈永遇樂〉雖沒有特定主角，漢、唐、宋、明、清五個朝代的準備及演出平均分配，但從書寫乾隆的部分看來，在選擇演出劇本時，父親雍正提議用他「投胎西洋三十年那一套」──「淫人妻女笑呵呵」，因此最後演出的劇目為〈三十年戲說情史〉，還被人背後評論「不是正人君子，編那什麼豔史劇本」；但對照宋朝演出〈趙太祖水滸風雲會〉請施耐庵編劇、明朝所演的〈皇覺寺〉請馮夢龍編劇，乾隆乃自行編劇。雖然乾隆扮演的陳天賜吟了闕

詞，被作者說其「水準大概和弘曆生前做的四萬首詩差不多」，暗指這詞與乾隆生前所作之詩的水準同樣不高，因此也算是相合；又形容他「濁世翩翩佳公子揚開折扇」，上書「乾隆盛世」，皆說明乾隆自命風雅卻修養不足。因此，〈永遇樂〉雖以描寫乾隆風流為主，也淡筆刻畫出了乾隆喜好附庸風雅、賣弄文采的形象。

甚至作者說「水準大概和弘曆生前做的四萬首詩差不多」的詞，實際上在《醒世恆言·勘皮靴單證二郎神》入話就已出現：

> 柳色初濃，餘寒似水，纖雨如塵。一陣東風，縠紋微皺，碧波粼粼。仙娥花月精神，奏鳳管鸞簫鬥新。萬歲聲中，九霞杯內，長醉芳春。（《醒世恆言·勘皮靴單證二郎神》）

> 柳色初濃，餘寒似水，纖雨如塵。一陣東風，縠紋微皺，碧波粼粼。萬歲聲中，九霞杯內，長醉芳春，正是京城好時光！（《幾希復幾希·永遇樂》

兩相比較，〈永遇樂〉中乾隆編劇而自撰的僅有末句「正是京城好時光」，而這句又不免讓人懷疑是

模仿自杜甫〈江南逢李龜年〉「正是江南好風景」
詩句。因此，乾隆風雅、風流天子形象應是無庸置
疑，只是風流似乎又勝風雅，畢竟風流公子是真，
風雅天子則時時流露修養不足之感。

　　總之，這些帝王將相、文人雅士在人生舞台、
歷史舞台謝幕之後，還能在地府（或小說內）再度
粉墨登場，讓他們的神情姿態歷歷在目，又是「幾
希復幾希」啊！④

還有一種，在書評中提到同類型的其他有名著作，讀
者可藉著對那些更著名的書籍的熟悉，揣想此書；又可同
時展現書評者對書籍的涉獵廣度，及此書在同類型的書籍
中的價值、地位。如林黛嫚〈曲折的人世，豪門的興衰〉
評嚴歌苓《草鞋權貴》：

　　……

　　閱讀嚴歌苓的小說，尤其是長篇小說，會讓人
　　產生和閱讀曹雪芹的《紅樓夢》、或是費滋傑羅《大
　　亨小傳》一樣的感受，那就是彷彿親見一個王國、

---

④　趙修霈：〈人間難得幾回聞：讀無患子《幾希復幾希》〉，見《双河彎：
　　愛讀人 4 月認證入選書評》，http://www. 2rivers.tw/?p=15889，2013 年
　　4 月 24 日。

　　一些人在其中生生滅滅，讀者即使知道那是小說，
卻無處不有真實得駭人的感覺。……⑤

　　書評常引用不少書中文句，這就是書評者在閱讀過程
隨時筆記的成果，將自己有感覺的文句寫下，不同意的觀
點寫下，有疑惑的地方也寫下，爲免遺忘；也能方便在寫
作書評時將這些文句迅速地寫入其中。引用作者的語句，
能讓讀者更直接感受作者的筆法。

　　從以上幾個例子可知，書評寫作和讀書心得相較起
來，是閱讀回應文體中較困難的，因爲書評者不僅是單純
欣賞文本，還得用自己的語言對文本進行批評、分析；不
過，寫一篇好的書評大約在六百字至一千字上下，篇幅不
大，卻能有效提高寫作者的思考、批評、組織能力。

　　最後，書評的題目訂立，必須巧妙與所評內容連繫起
來，因此往往在題目上未必可以一眼看出「這是一篇書
評」，簡單明白者如〈評辛廣偉著《臺灣出版史》〉或〈詮
釋文字世界的李敖──讀《長袍春秋──李敖的文字世
界》〉；⑥直接以書名爲之者也有，如殷海光〈雅舍小品〉

---

⑤　林黛嫚：〈曲折的人世，豪門的興衰〉，收入《在閱讀與書寫之間──
　　評好書 300 種》，頁 113。
⑥　兩文皆出自吳銘能：《書評寫作方法與實踐》（台北：秀威資訊科技股
　　份有限公司，2009 年 2 月）。

即為梁實秋《雅舍小品》的書評，這麼做雖然直接了當，但也容易使讀者混淆；⑦今日的書評多採上文所引黃雅歆〈花團錦簇的拼盤〉、衣若芬〈靜止的漣漪〉、林黛嫚〈曲折的人世，豪門的興衰〉等，多在題目上表現巧思及觀點。

單元習作

一、選定一本書寫一篇讀書心得。

二、選定一本書寫一篇書評。

參考書目

鄭政秉等：《在閱讀與書寫之間──評好書 300 種》，台北：三民書局，2005 年。

王乾任：《替你讀經典：讀書心得報告與寫作範例篇》，台北：弘智文化事業有限公司，2002 年。

吳銘能：《書評寫作方法與實踐》，台北：秀威資訊科技股份有限公司，2009 年。

殷海光著，林正弘主編：《書評與書序》，收入《殷海光全集》，台北：桂冠圖書股份有限公司，1990 年。

---

⑦ 此文出自殷海光著，林正弘主編：《書評與書序》，收入《殷海光全集》（台北：桂冠圖書股份有限公司，1990 年 4 月）。

讀書報告寫作

壹、什麼是讀書報告？

　　讀書報告與專題研究報告應是大學生最常聽到的作業形式，雖然兩者名稱都有「報告」兩字，但其實有些不同。專題研究和讀書報告同樣必須具備系統性、科學性，但讀書報告講求對資料的歸納與整理，重在簡明扼要；專題研究報告更重視能在方法、證據或見解上提出創新的研究成果，也就是所謂的獨創性。相較之下，讀書報告只要對各個領域中的問題、現象，進行系統化的整理、科學化的研究，而較不講求獨創性。換句話說，讀書報告主要在訓練同學對某主題資料的收集、解析、歸納的能力，可視作專題研究報告的基礎訓練。不過，不論是讀書報告或專題研究皆重視證據，不同於重在表達對事物的主觀感受、表現出個人喜惡的讀書心得；也由於對格式的要求比較嚴格，而不同於格式較為自由的書評。

　　大學期間，選擇較有價值、意義的主題，進行較深入

的探討和研究，主要是練習格式、統整資料，因此篇幅較短；研究所時代則要求能夠進一步發現問題、發揮創見，因此篇幅較長。兩者雖然略有不同，但基本的寫作步驟、格式、原則是類似的；因此，大學生從讀書報告開始練習熟悉，等到研究所階段，基本的步驟、格式就不再是問題，可以專注面對新方法的提出、新證據的發現或新見解的論述。故而本書從最基礎的讀書報告談起，說明寫作要點。

貳、報告的寫作步驟

報告寫作可分為六個步驟：設定範圍、蒐集及閱讀資料、確立題目、擬訂大綱、撰寫報告、修訂文稿。

一、設定範圍：

有的人寫報告是直接確定題目的，但大多數人都是先設定一個研究範圍，再依據資料的多寡或個人興趣、想法，確立最後要寫的題目；因此撰寫報告的第一個步驟，就是先根據自己的興趣或能力設定研究範圍，再逐步擴大或縮小。比如說，我喜歡李白的詩，因此以李白詩作為研究範圍；範圍確定後就要開始進行下一步：收集相關資料。

二、蒐集及閱讀資料：

　　寫作報告必須言之有物、言之有據，因此必須先對前人的研究成果有相當程度的掌握，大學時期的報告最主要就是訓練將龐雜的資料作統整、分析、批判，研究所以後更必須提供自己的創見，而創見也是由研究資料中產生的。在做專題研究時，沒有資料就不了解別人已經做過的工作，容易重複前人的研究成果，白白浪費許多時間精力，走了許多冤枉路；或者，很少人進行相關研究，是因為這個論題沒有發展的空間，甚至早已不是當前研究的焦點，因此論題的重要性及論文的價值就值得懷疑。因此，不論是讀書報告或更深、更廣的專題研究，在前人研究的資料掌握上都非常重要。

　　資料的蒐集首先得從認識圖書館的館藏資源開始，依照其性質、功能，主要可分作五項：

　　1.圖書：這是圖書館內最重要的館藏資源，為學術研究的基本資料。通常，圖書館會先以圖書所使用的文字，先分作中文、英文、日文等類，再依照圖書的內容，加以分類。

　　2.期刊：這也是學術研究的重要參考。一般而言，期刊論文往往需經過專家的審查，因此具有很高的學術價值。其次，優良的期刊通常會定期出刊，所以

最新的期刊便收有該領域最新的研究成果，想要提出創新的見解當然必須運用最新的研究成果。總而言之，學術研究的過程中，期刊資料實爲不可缺乏的一部份，有時甚至比圖書資料來得更重要。

3. 報紙：圖書館通常會訂閱多種中文、英文及日文報紙，讓讀者能接收世界各地的最新訊息。除了當日報紙外，更保存當月報紙及過期報紙，或提供報紙資料庫及微縮影片供民眾查閱，對於當代歷史、文學、社會等研究，提供了最直接、第一手的材料。

4. 工具書：所謂的工具書，是指用來檢索各類型資料的參考書籍，如：書目、索引、字典、辭典、百科全書、傳記資料、法規、統計資源、指南、輿圖等。通常圖書館會將這一類書特別放在「參考資料區」或「參考室」，書本的索書號皆有標示「R」的字樣，代表參考書（Reference Books）之意。因參考資料主要的功能是爲了解答問題，提供讀者隨時查閱資料之用，因此標有館藏代號「R」之參考資料，不提供外借，只限館內閱覽。

5. 微縮資料、電子資料庫：爲節省資料保存的空間，並延長資料保存的期限，以特殊的照相方式，將資料拍攝在軟片上，這樣的資料形式稱爲「微縮資

料」或「縮影資料」。一般蒐藏的微縮資料主要為古代善本、各種年代較久遠的報紙、國科會研究報告等。由於微縮資料的使用必須透過縮影閱讀複印機放大閱讀或列印，一台機器只有一種功能，因此近年來已逐漸為電子資料庫所取代。

現在當我們進入圖書館要查詢資料時，往往利用電腦檢索，再以電腦提供的「索書號」在藏書區書架上尋找。「索書號」是某一本圖書在圖書館的編號，也是圖書資料排架的依據，因此，在同一個館藏地，每本書的索書號都不相同。

除了文獻資料外，實地調查及科學實驗也是獲得資料的方法，必須根據不同學門、不同研究類型的需求，蒐集需要的資料。資料蒐集愈多，未必表示對於報告的題目愈明朗，反而往往因為資料眾多而不知如何取捨，此時廣泛的閱讀及對自己研究主題的明確把握是最重要的事。接著，就根據自己的研究主題，選擇可信度高的研究成果，去蕪存菁。至於資料的可信度，主要是由資料的來源作判斷依據，如網路資料往往並非學術性的，品質參差不齊，甚至有不少造假的內容，在寫作報告時，最好不要使用；而刊登在各領域具學術聲望的期刊上的論文，或訪談、實驗的第一手資料，其參考價值也最高。資料閱讀得愈多，

也有助於自己具備分辨資料好壞及可信度的能力。

　　為此，資料到手後，應展開閱讀的工作；閱讀資料，並對資料作初步的「分析」與「統合」，最簡單的方法就是「重點摘要」，並將蒐集到的論著加以整合，透過此步驟，可基本上完成報告內的「文獻探討」部份。比如說，查詢及閱讀李白詩的相關資料後，對資料進行摘要及整理；摘要是用精簡的文字概述文章內容，整理是根據資料的內容性質分類，便於自己查找，也使報告內的「文獻探討」部分綱舉目張、條列分明。

三、確定題目：

　　將蒐集的論文著作一一閱讀、摘要、整合後，便能漸漸地形成具體而有興趣、適當的題目，比如說，倘若題目確定為〈李白詩中的道教思想〉，就等於將與道教無關的李白詩剔除在研究之外。題目務必具體，避免「大而無當」或「不知所云」的題目；也必須恰當，適合自己的能力及時間，不要選擇太大的、超出自己能力太多的題目。有時，「小題大作」更能表現出自己對該議題的掌握程度及思考深度，不失為最佳的題目和寫法。同樣以〈李白詩中的道教思想〉為例，既必須熟悉李白詩，也必須對於道教思想有一定的認識，如果以上兩者都很陌生，就要再審視自己有多少時間可以準備，能力及時間足夠才能確定題

目。否則，就算有興趣也只能重新考慮是否要更換題目。

　　標題的擬訂必須準確、醒目、簡約，也就是以最恰當、最精煉的語言制訂標題，一般不宜超過二十字，並要能高度概括論文的重要內容，既能提起全文，又能引人注目，便於記憶、引用。

　　透過「設定範圍－搜集及閱讀資料－確定題目」的過程，可以同時確立未來報告內的「研究範圍」及「研究目的」；對於選擇此題目的理由亦應詳細記錄，因為這將是未來報告中「研究動機」的部分。

四、擬訂大綱：

　　題目確定後，可再一次閱讀與論題相關的專書和論文資料，並將研究論題下的各種小問題一一舉出，未來寫作報告時，即可針對這些部份，逐一解決，報告亦隨之完成。但這些問題的解決及排列並非隨意安排的，必須經過列出、統整、排序的過程，這也是報告大綱的初步樣貌。正式擬訂大綱有以下幾個程序：首先必須編擬標題，接著確立中心論點，再於中心論點下確立幾個分論點，最後根據段落層次、順序，選擇作為論據的資料，編碼備用。

　　所謂中心論點，就是整個報告最需要解決的問題，報告全篇都必須環繞在這個中心論點下進行論述。至於分論點，即為在主要問題下延伸的幾個小問題，這些小問題的

解決也意味著報告的主要問題可以隨之解決；因此，數個分論點與中心論點的關係必須緊密。由此可知，擬訂大綱一方面可協助整理報告寫作的頭緒，使思考不至於如無頭蒼蠅、茫然無法掌握方向；另一方面將蒐集到的資料，繫於大綱段落之下，使資料更有系統，將有助於日後動筆書寫報告。

五、撰寫報告：

開始下筆寫報告的時候，必定是資料已經完全掌握，大綱亦已擬定完成，且對報告的論點或研究成果也基本上胸有成竹，因此只要能運用流暢的文字，清楚、有條理地表達看法即可。

此外，經常會發生這樣的狀況：報告正文寫作完成後，對於研究動機、研究方法、研究成果等部分，反而能夠描寫得較開始寫報告時更清楚。這是因為在寫作正文的過程中，一步步將枝節的問題排除，也不斷梳理中心論點和分論點的邏輯關係或前後次序，於是整個報告的主題也因此更加明確具體。所以，撰寫報告時，不妨先直接進入主體正文部分，完成後再寫前言（緒論）、結語（結論），將使整篇報告更具整體性、系統性。

另外，在撰寫報告的過程中，必定會引用他人的資料，不論是作為概念的啓發、觀點的佐證，都應清楚標註

出處，且不得一字不改的大量引用，必須經過消化以自己的口吻文字重新敘述，否則易有抄襲之嫌。

六、修訂文稿：

　　報告並非寫完就完成了，仍需花費時間氣力修訂文稿，畢竟報告篇幅不短，耗時頗長，寫作者不易一氣呵成，難免會有前後重複或錯置、需要補充或刪改的情況，倘若忽略了這個步驟，報告內容往往錯誤百出，也許都是小問題，但數量一多難免予人不用心、不細心的觀感，導致內容傑出的論點，埋沒在眾多小錯誤中，十分可惜。反過來說，若在完成報告後，再細心、耐心地修訂文稿，對於整體報告的品質提升，將有相當大助益。

　　此外，錯字、漏字、文句不通順、語意不完整、標點使用錯誤等問題，雖然不是大缺點，但一份報告讀起來語焉不詳，總令人有種丈二金剛摸不著頭腦的感受；錯字連篇，也將對報告的專業性大打折扣。因此，可以循以下兩種方式來處理：一是請研究相關領域的同學或師長幫忙閱讀，通常可以發現自己無法察覺的問題；二是先擱置一段日子，等自己和自己所作的報告產生了「陌生感」再閱讀，也比較不易有「不識廬山真面目，只緣身在此山中」的盲點。

參、報告主體的架構及格式

　　報告的主體部分，大致包含緒論、正文、結論、參考文獻四大項，以下分別敘述：

一、緒論：

　　緒論又稱前言、引言、導論，用以說明為何研究（研究動機）、研究目的、研究範圍、簡要介紹前人已做的研究工作（文獻分析）、理論基礎、研究方法、與主題相關的名詞定義、預期成果等。

　　其中，研究動機、研究目的是用以敘述研究此課題的原因，及透過這個研究欲解決什麼問題。比如說研究〈李白詩中的道教思想〉，研究動機可能著眼於李白是影響中國文學深遠的詩人，又或者研究者對於李白到底崇不崇信道教的議題持續關注；研究目的可能是前人對於李白相信神仙道教存在與否一直有所爭論，透過報告設法解決。由於讀書報告是一種科學性、客觀性的研究成果，因此儘可能避免以個人好惡的主觀性理由，作為研究該議題的動機、目的。

　　研究範圍則說明研究主題的時間、題材、定義等範圍限制，在題目、動機、目的的基礎上，作更詳細的說明，使研究報告的焦點更加集中；可包含說明研究對象的時間

範圍（時間），說明研究對象的題材範圍（題材），說明
題目特殊用語的定義（定義）。以〈李白詩中的道教思
想〉爲例，最需要說明的就是所謂的「道教」或「道教思
想」的定義，至於研究對象是李白詩歌，其中具道教色彩
的詩篇有哪些，如何判定是否與道教思想有關，亦可以加
以說明界定。

　　文獻探討主要是針對前人研究成果進行檢討。一個論
題之所以值得研究，除論題本身的價值外，也必須透過前
人對此一論題的研究成果檢討來凸顯，前人的研究成果若
還沒達到一定水準，或尚未獲得妥善的解決，這個論題就
有繼續發展研究的必要。反之，若論題的前人研究成果眾
多，且不乏頂尖之作，就算是炫目響亮的題目，也沒能有
多大突破，甚至只能拾人牙慧，論文的價值因而不高。因
此，讀者通常透過這一段檢討，即可知此論文價值所在。
好的文獻探討並非只是將各種意見條列出來，必須找出各
論文意見不同的地方加以分類，即所謂的「分析」；或者
是統整同類意見的證據、論點以及推論過程，即所謂的
「統合」。

　　研究方法是報告要產生「獨創性」的重要環節，因此
對報告的研究方法進行介紹有其必要性。例如研究〈李白
詩中的道教思想〉，或許會依李白生平時期作詩歌分類，

藉此說明其生活經歷如何影響道教思想在詩中的表現，當
提到人物性格與思想的關係時，可能會借用西方心理學家
對於人格型態分類與成因的研究理論。此時，應當說明為
何必須用此種方法進行研究？此方法與其他方法的不同之
處？用此方法可以達到怎樣的結果？以下的舉例中，即綜
合了研究目的、研究範圍、文獻分析、名詞定義、預期成
果等項目：

壹、前言

　　有關紫姑的文獻記載始於六朝，唐宋兩代頗盛，至今猶未斷絕，甚至在台灣民
間也有紫姑信仰所衍生的「關三姑」儀式。不論就文獻分析或田野調查都有學者對
其進行梳理、討論，如許地山〈扶箕迷信的研究〉[1]、田祖海〈論紫姑神的原型與
類型〉[2]、謝明勳〈「紫姑」故事流變析論－以文獻資料考察為主〉[3]、潘承玉〈瀆
穢廁神與窈窕女仙－紫姑神話文化意蘊發微〉[4]、柏松〈紫姑傳說中的巫術意義〉[5]、
巫瑞書〈「迎紫姑」風俗的流變及其文化思考〉[6]、陳素主〈從巫術到遊戲－台灣
關三姑研究〉[7]、崔小敬、許外芳〈紫姑信仰考〉[8]等，或討論紫姑的身份及流變，
或論述紫姑故事的神話原型及唐代以後的習俗種類，或就台灣田野調查來說明信仰
儀式的內涵，抑或者介紹中國各地的紫姑信仰習俗及宋代以後詩詞賦中所記的紫姑
吟詠。

　　本文以諸賢的整理及討論為基礎，欲進一步針對宋代紫姑形象的轉變進行研
究：迎紫姑活動起於六朝，唐、五代並無太大改變，至宋卻甚為風行，其內涵由歲
時民俗的游戲或占卜扶箕活動，變為既善於醫卜，又能從事詩文等風雅活動；其形
象由悲苦的妾，變為可占卜眾事的女神，再加入善為詩文的才女形象。不論是就內
涵、形象等諸方面來看，紫姑信仰在宋代起了極大的轉變。而本文的焦點正在於諸
種現象背後所代表的含意，並進一步地探討：這種種「轉變」所透露出來的性別議
題。

因此，本文擬分宋代以前的紫姑信仰、作為女仙的宋代紫姑、及作為才女的宋代紫姑三個部分來討論。首節藉著紫姑在六朝及唐、五代的相關記載，用以展示宋代紫姑的轉變情況，便於開展後文的論述。而後，依紫姑在宋代文本中的作用，分為兩節，分別探究其變化及造成演變背後的因素，並藉此究明其間所隱含的性別議題。①

二、正文：

　　正文是論文的核心部分，佔論文的最大篇幅，通常是依照大綱而書寫的部分，大綱的標目也往往改寫為正文的各章節名稱。章節名稱必須簡單具體地說明各章節的大概內容，愈是清楚具體的擬訂各章各節，甚至底下的細項小目，代表作者對資料的掌握相對完整、且思慮周密。

　　正文的章節安排的原則，通常是由淺而深、由表而裡、由先而後，以求條理清晰，合乎邏輯。一般大都循以下四種情況設計：一是時間，通常是按照事件發展的時間順序；其次是空間，通常是由背景到論題的核心；第三種是因果，說明原因及結果的關係；最後一種是利用比較，用於有實驗組、對照組的情況最宜。以下例子屬於空間式的設計：

　　一、如何編排「楊貴妃」材料

　　二、演繹一條致「禍」之「階」

---

① 趙修霈：〈宋代「紫姑」的女仙化及才女化〉，《漢學研究集刊》第 7 期，2008 年 12 月，頁 71-72。

　　三、暗示一位致「禍」之「首」②

三、結論

　　結論又稱結語，是對整個研究報告的總結，通常有兩種寫法：一為敘述式，用敘述的方式，將全篇報告的研究成果，巨細靡遺地寫出，完整呈現給讀者；二是條列式，將各節得到的結論條列出來，讓讀者可以一次得到所有的研究成果。單純使用敘述式可能不易使人一目了然，但僅以條列式呈現，又顯得太過簡略，若能綜合兩種寫法，便能使報告結論條理分明、有血有肉。不過，呈現手法仍要適合報告的結果才是。除了研究成果外，結論亦可以用來檢討報告的缺失：若能稍微提及報告的不足之處，一方面表現出自己的進步及未來發展性，另一方面也是展現了對報告或對研究的負責任態度。以下是一種敘述式及條列式的綜合寫法：

---

② 趙修霈：〈從「禍階」到「禍首」：樂史〈楊太真外傳〉的傳奇手法〉，《成大中文學報》第 34 期，2011 年 9 月，頁 131-158。

結　語

　　經過以上三部分的討論，「寫醜」手法運用於宋傳奇中，流露出人性神態之「醜陋」，「寫惡」手法則突顯犯法犯罪之「惡」、天理不彰之「黑暗」，皆欲引起讀者審「醜」的驚愕與恐懼，並藉此造「奇」；「丑化」使讀者產生驚愕的情緒，並隨著傳奇情節開懷大笑，以此造「奇」。

　　「寫醜」的三篇宋傳奇無一不是充滿著醜陋。〈王魁傳〉、〈陳叔文〉、〈滿少卿〉的男主角皆辜恩負心，女主角亦全因怨恨而欲復仇，展現出醜陋的人性、仇恨的語言，全無溫柔敦厚的「美」。

　　「寫惡」的三篇宋傳奇〈吳約知縣〉、〈王朝議〉、〈我來也〉亦充斥著罪惡，既展示犯法者之罪惡，又由於傳奇結局的天理不彰，表現出社會的黑暗與醜陋。

　　「丑化」的五篇宋傳奇主角無一不是具有高貴的身份地位、才貌兼備、或道德的高尚者，然而，全為作者的「丑化」，不復「美」。〈柳開潘閬〉捉弄的對象是道統派古文家柳開，〈京都廚娘〉則以具「儒家之風」的官員為主角，〈任社娘傳〉中被取笑的人物是「文雅醞藉，有不羈之名」的文士，〈江謂逢二仙〉突出狼狽神態的是前朝帝王的妃嬪，〈少師佯狂〉中佔下風的是當時有名的僧人。

　　因此，宋傳奇的美學風貌較唐傳奇更豐富多采，既有審「美」，又能審「醜」，且審「醜」者亦手法多樣：「寫醜」、「寫惡」、「丑化」三種，因而展現出宋傳奇獨特的風貌，亦即宋傳奇之「奇」。③

四、參考文獻：

　　參考文獻是報告正文的最後部分，指的是報告中曾經引用前人的文章、數據、結論，或目前所蒐集到的專書、論文等，皆必須詳細條列出處；一方面表現作者對此議題的掌握度，一方面顯示出該報告的客觀性。其排列原則，通常會將中、西文分別排列，中文在前，西文在後，中文

---

③　趙修霈：〈試析「審醜」的傳奇手法：以十一篇宋傳奇為例〉，《東吳中文學報》18 期，2009 年 11 月，頁 137。

書籍或資料依照姓氏筆畫排列，西文則依作者字母順序排列。

　　分別就每一條出處資料來說，必須具備的項目大致相同，基本上有作者、文章篇名或書名、期刊刊名、卷期、頁碼、出版地、出版社、出版年等。但其寫作格式則會隨領域的不同而略有差異，必須依據自己的專業門類或欲投稿期刊的格式要求來加以調整。以中文學門的參考文獻來說，排列方式如下：

(一)專書

　　作者（及譯者）：《書名》，出版地：出版社，出版年。

　　王夢鷗：《禮記校證》，臺北：藝文印書館，1976年。

　　（英）阿嘉莎·克莉絲蒂（Agatha Christie）著、柯翠蓮譯：《殘光夜影》，臺北：遠流出版公司，2004年。

(二)期刊論文

　　作者：〈篇名〉，《期刊名》卷期，出版日期。

　　亓婷婷：〈談陳本禮注釋之〈李憑箜篌引〉〉，《國文天地》第 17 卷第 8 期，民國 91 年 1 月。

(三)論文集論文

作者：〈篇名〉，《書名》，出版地：出版社，出版
　　　年。

余英時：〈清代思想史的一個新解釋〉，《歷史與思
　　　想》，臺北：聯經出版事業公司，1976 年 9 月。

(四)報紙文章

作者：〈篇名〉，《報紙名》版次，出版日期。

丁樹南：〈歐坦生不是藍明谷——讀范泉遺作〈哭台
　　　灣作家藍明谷〉〉，《聯合報》第 10 版，
　　　2000 年 6 月 13 日。

(五)網路資料

作者：〈篇名〉，網址。日期。

賈麗英：〈漢代有關女性犯罪問題論考——讀張家山
　　　漢簡札記〉，《簡帛研究》網站，
　　　http://www.jianbo.org/admin3/list.asp?id=1449。
　　　2005 年 12 月 17 日。

肆、報告的前置及附錄部分

　　報告的主體部分完成後，仍不能繳交，必須先完成報
告的前置部分及附錄部分，報告才算是真正完成了。所謂
前置部分，包括摘要及關鍵詞，前者又稱概要或內容提

要，是以簡短的文字對報告的成果作不加注釋和評論的簡要陳述，可稍微提到研究背景、研究方式，並概論化研究成果；一般來說，應採敘述式而非條列式的表達方式，且篇幅不宜過長，中文摘要約在 200-500 字之間。關鍵詞則是爲了滿足文獻檢索的需要，而對文章的篇名、摘要、本文選出具有實質且關鍵的代表性詞彙。原則上，每篇論文選出三至五個關鍵詞，且避免使用模擬兩可、內容空泛的詞彙，最好使用名詞，不要用動詞或形容詞。

西漢「堯後火德」說的成立[**]

張 書 豪[*]

摘 要

本文以辨析文獻的方法，試圖恢復西漢「堯後火德」說的成立經過。進而發現：此說不僅是「漢爲火德」、「漢家堯後」的複合命題，並且「漢家堯後」亦可分作「傳國之運」、「劉姓世系」兩部分。就「漢爲火德」而言，乃劉向改造鄒衍學說而成；以「傳國之運」來說，最早由昭帝時的眭弘提出。其後劉歆融合「堯後」、「火德」兩說，建構出《世經》的古史系統。另外，劉向以漢室親族、職任宗正的身分，回溯「劉姓世系」至戰國初期。到了新莽、光武之際，儒生於《左傳》中增添「其處者爲劉氏」一語，確認堯帝和劉姓的血緣譜系。至於儒者立論的證據，完全都可以在司馬遷所著《太史公書》中找到相應資料，可知《史記》正是西漢儒生建構「堯後火德」的主要參考。

關鍵詞：眭弘、劉向、劉歆、史記、左傳、西漢 ④

　　至於附錄部分是爲了使讀者信服報告內容而提供的證明，有的報告會附上書影、圖片，有的報告有訪談紀錄，有的報告有完整實驗數據。不論是哪一種，都必須分別依照報告正文出現的先後次序編碼，如圖 1、圖 2、表 1、表 2，並將標號置於圖表的左上方，說明文字亦須列於編號之後。

伍、報告的文字要求及常見問題

一、報告的文字要求：

　　寫作報告不同於文學創作，不必講求文字的優美，但仍須注重文字的表達必須準確，避免使用含混不清、模棱兩可的語詞。在論點的表述上必須精準正確，並提出充份且必要的論據；至於論證過程則須嚴密，不要橫生枝節、東拉西扯。因此最好採取夾敘夾議的方式，一方面引述證據，一方面給予適當的評論，雙管齊下，逐步從前提推向結論，層層深入。其次，報告是以科學的證據、理性的分析來闡發論點、說服讀者，並不是訴諸情感上的認同，所以在論述的過程中，要時時提醒自己保持客觀的態度，儘

---

④　張書豪：〈西漢「堯後火德」說的成立〉，《漢學研究》第 29 卷第 3 期，2011 年 9 月，頁 1。

量避免使用疑問句、驚嘆句，如「最後，我們發現 Hello Kitty 是 20 世紀影響兒童最大的卡通人物啊！！！」這類過度情緒化的用語。另外，把握「有幾分證據說幾分話」的原則，說理清楚即可，切忌主觀浮誇，或過度解讀，如「這絕對是近百年來獨一無二之作」。最後，文辭要講究典雅，不要使用網路用語或火星文等。

二、大學生報告常見的問題

(一)抄襲或拼湊他人著作

　　剛開始寫作報告的同學，常常為了偷懶省事，或不知該如何收集更多的資料，最後抄襲他人的著作，尤其是網路上的文章。也有同學以為將數篇或幾本著作，各摘取一部份拼湊起來，就能夠當成自己的報告，其實這也是抄襲。要避免抄襲最好的方法就是閱讀各種資料時，養成做筆記的習慣，以免閱讀眾多資料後書寫報告，卻忘記這個概念出自哪一本書，而不小心成了抄襲；也要練習用自己的話語陳述論點，「換句話說」才不至於連用字遣詞都照抄。

　　只要概念並非原創、出自他人作品時，都務必要註明引用資料來源。但每個專業領域的引用方式不盡相同，仍得依據該領域或欲投稿期刊的規定為之。在傳統文史學門，文章內以阿拉伯數字作為註腳編號，無須加括號，置

於標點符號之後，全篇報告使用同一順序編號；註腳文字
則置於註腳編號的當頁下方，即採當頁註的方式，報告行
文不須有其他說明文字，註腳內須詳列引用出處，格式與
參考文獻的排列方式相似，但必須於最後加註引文出處頁
碼，如：

1. 專書

　　作者（及譯者）：《書名》（出版地：出版社，出
　　　　　版年），頁碼。

　　王夢鷗：《禮記校證》（臺北：藝文印書館，1976
　　　　　年），頁 123。

2. 期刊論文

　　作者：〈篇名〉，《期刊名》卷期，出版日期。

　　亓婷婷：〈談陳本禮注釋之〈李憑箜篌引〉〉，
　　　　　《國文天地》第 17 卷第 8 期（民國 91 年 1
　　　　　月），頁 123。

3. 論文集論文

　　作者：〈篇名〉，《書名》，出版地：出版社，出版
　　　　　年。

　　余英時：〈清代思想史的一個新解釋〉，《歷史與
　　　　　思想》（臺北:聯經出版事業公司，1976 年 9
　　　　　月），頁 123。

以下是中文學門的當頁註舉例：

2　參見楊權，《新五德理論與兩漢政治——「堯後火德」說考論》（北京：中華書局，2006），頁 160-161。

3　南朝宋・范曄，《後漢書》（北京：中華書局，1997），卷 1 上〈光武帝紀上〉，頁 21。以後所引《後漢書》之語，皆出自本書，為清耳目，逕於引文後加註說明書名、篇名、卷、頁。本篇所有古籍引文均循此例，不另外說明。

4　例如兩漢為火德，魏土，晉金，北魏水。東、西魏因分自北魏，仍為水；北齊、北周繼東、西魏而起，故均自定為木德。隋火、唐土、後梁金。後唐欲「復興唐室」，故恢復土德，與唐朝同德；後晉承後唐為金。後漢水、後周木、而兩宋均屬火德。總括來說，從西漢到兩宋之間，王朝德運基本上是採「火、土、金、水、木」的相生循環，而肇始於兩漢火德之運。關於歷朝德運的討論，可參見楊權，《新五德理論與兩漢政治——「堯後火德」說考論》，頁 22-30。⑤

倘若再次徵引時，可以下列簡便方式處理：

註　葉石濤：《台灣文學史綱》（高雄：文學界雜誌社，1996 年），頁 172。

註　同註 1。

註　同註 1，頁 5。

若再次徵引的註不接續，表示如下：

註　葉石濤：《台灣文學史綱》，頁 5。

其他人文社會科學學門，引用格式主要有三種：APA Style（American Psychological Association，美國心理學會

⑤　張書豪：〈西漢「堯後火德」說的成立〉，《漢學研究》第 29 卷第 3 期，2011 年 9 月，頁 2。

格式）、Chicago Manuel Style（芝加哥格式）、MLA Style
（Modern Language Association，現代語言學會格式）。

　　APA Style 引註方式是在內文中採「隨文註」
（parenthetical documentation），也就是內文的引用以
（作者,2012）表示，而詳細出版資料則列於正文最後的
「參考文獻」。至於「參考文獻」的順序基本上與前文所
述文史學門相同，唯有出版年的位置不同：作者（出版
年）、書名（或篇名）、出版地：出版社（或期刊名、卷
期）、頁數（或頁碼）。

　　芝加哥格式的引註方式是採當頁註，引用出處的順序
與 APA 格式相同：作者（出版年）、書名（或篇名）、
出版地：出版社（或期刊名、卷期）、頁數（或頁碼）。

　　MLA 格式，多用於人文學門，在引註資料時，與
APA 格式同採「隨文註」的方式來呈現，只是內文的引
用「（作者 文獻出版年份：頁碼）」來表示，就算是統
整多人意見，也同樣如此排列引註資料，如（Dinneen
1967: 196-199; Culler 1976: 70-79; Aarsleff 1982: 356-
371）。詳細出版資料同樣列於正文最後的「參考文獻」
內，格式、順序與前述之中文學門相同：作者、書名（或
篇名）、出版地：出版社（或期刊名、卷期）、出版年、
頁數（或頁碼）。

　　其實，不論參考文獻的格式有何差異，其目的是一致的：一是反映報告有眞實可靠的依據，二是尊重前人的研究成果，三則是便於讀者查考相關文獻。

(二)報告結構要項不完整

　　前文提到的前置部分及主體部分皆是報告的必要項目，其中不論是題目、摘要、關鍵字、緒論、正文、結論、參考文獻等，在正式報告中缺一不可。

(三)字型、行距等任意變化

　　同一篇報告，常會出現字型、字級、字距、行距不一的情況，有時是同學利用這些變化使報告版面多樣化，但更多是因爲這些資料來自不同的網頁，彼此的格式設定不完全一致，當拼湊在一起時，很容易就造成版面的混亂。不論原因爲何，字型、字級、字距、行距隨意變換都不符合論文格式的規定，在同一篇報告內，務必統一格式。一般來說，中文採新細明體，整段的方塊引文採標楷體；英文、數字採 Time New Romans。正文爲 12 級字之新細明體，註釋字體則爲 10 級字。

(四)標點符號的無法統一正確使用

　　學生書寫報告時，有時文思泉湧，一股腦地將想法打出，卻在匆忙之中忘記使用標點符號，以至於難以卒讀。或者在標點符號的使用上，有著多元的用法，如中文報告

的逗號、分號、句號、冒號、問號、驚嘆號皆必須使用全形「，；。：？！」符號，而非英文半形「,;.:?!」。中文書名、期刊名、報紙、劇本應用《　》表示書名號，論文篇名、詩篇用篇名號〈　〉；中文報告引號用「　」，雙引號爲『　　　』。西文書名採用斜體，篇名則採用" 　"；引述文字用引號"　　"。這些雖然是基本的知識，但學生或從未留心注意，或轉引自不同論文而未加統一，使報告的標點符號多元紛陳，予人雜亂而不嚴謹的感受，因此，在正式報告中皆應整齊格式，正確使用。

單元習作

1.請找一篇論文或散文，寫一篇摘要。

2.挑選一本書或一個主題的兩、三本書，寫一篇讀書報告。

參考書目

張高評主編：《實用中文講義》，臺北：東大圖書公司，2010 年。

高光惠等著：《大學寫作進階課程─研究報告寫作指引》，臺北：三民書局，2007 年。

林慶彰：《學術論文寫作指引》，臺北：萬卷樓圖書公司，1996 年。

國家圖書館出版品預行編目資料

大學生的實用寫作書

趙修霈、張書豪著. – 初版. – 臺北市：臺灣學生，2013.06
面；公分

ISBN 978-957-15-1570-0 (平裝)

1. 寫作法

811.1   101017069

大學生的實用寫作書（全一冊）

著　作　者：趙　修　霈　、　張　書　豪
出　版　者：臺　灣　學　生　書　局　有　限　公　司
發　行　人：楊　　　　雲　　　　龍
發　行　所：臺　灣　學　生　書　局　有　限　公　司
　　　　　　臺北市和平東路一段七十五巷十一號
　　　　　　郵　政　劃　撥　帳　號：00024668
　　　　　　電　話：(02)23928185
　　　　　　傳　眞：(02)23928105
　　　　　　E-mail：student.book@msa.hinet.net
　　　　　　http://www.studentbook.com.tw

本書局登
記證字號：行政院新聞局局版北市業字第玖捌壹號

印　刷　所：長　欣　印　刷　企　業　社
　　　　　　新北市中和區永和路三六三巷四二號
　　　　　　電　話：(02)22268853

定價：新臺幣三二〇元

西　元　二　〇　一　三　年　六　月　初　版

81107　　　有著作權・侵害必究
　　　ISBN 978-957-15-1570-0 (平裝)